陸家驥編著

古文閒話

中華書局印行

從閒話中讀古文

在古文裡找閒話

古文（觀止）閒話目錄

原書卷六部份

原書卷七部份

原書卷八部份

原書卷九部份

原書卷十部份

原書卷十一部份

目錄

原書卷十二部份

前言

「古文觀止」是一本古文的選集，它搜羅的宏富，時間上，溯自周、秦、漢、六朝、唐、宋、止於明代。內容上，涵蓋左傳、國語、公羊傳、穀梁傳、檀弓、戰國策、史記、漢書等，以及六朝、唐、宋、明所有名家的代表作。體裁上，將議論文、紀敍文、抒情文等，全部包括。是清人吳乘權所編輯，因是用「古文」來做標榜，所以沒有清文的選入。由於取材嚴謹，一向被認爲是初學古文者的必備讀物，有着「讀了本書，便可在古文上，獲致概括認識。」的誇大說法，產生「觀止之歎」，所以命名爲古文觀止。

關於這本書的評價，好的方面，認爲實在是初學古文者的理想讀物，另一方面卻也有人認爲，選擇上尚欠審愼，不能達到精萃的要求，缺失不少。這固然是見仁見智的看法，姑且不談。不過，平心而論，從漢周到現在，整整三千年，要從這如許衆多的素材裡，挑選出二百多篇好的文章，分配在將近二十個朝代上，實在不是件容易的事。推許它的値得流傳，足以做爲初學古文者的必讀書籍，並非過甚其辭。

也正因爲取材的範圍太廣，濃縮成爲二百多篇代表作後，自然不免有些疏失，譬如像：樂毅報燕王書、滕王閣序、馬援戒兄子嚴敦書諸篇，不能使人明瞭，寫這篇文章的前因。又如像陳情表、蘭亭集序、上韓荆州書諸篇，寫成後會產生了些什麼後果，乃至三槐堂銘、嚴先生祠堂記等篇，像丈二金剛，使人摸不清頭腳。來得有點突然，如果要追根究底，還得要再讀其他的參考書，未嘗不是本書選材上的「美中不足」處。

記得在我小的時候，先外祖父王雯青公，先四叔祖父季和公，先嚴幼章公，爲我講述這些文章時，每每大開話匣，把許多有關的故事，詳加解說，印證和補充，使能獲致整體的概念，不但能融合貫通，更增強了記憶的效果。直到現在，每當我展閱這些文章時，會不期而然清晰地記起這些往事，甚至父、祖輩的音容笑貌，也還記憶猶新。寫到這裏，不禁感慨萬千。

尤其使我不能忘懷的，是每當讀完一篇，母親必定要我把白天所聽講的，加以複述一番，遇到仍有欠明處，母親總是反覆再予講解，直至通曉爲止。想起燈下與厚高表弟的共同切磋，光景宛然在目。況我家世以詩禮相承，慈母又是桐城派古文傳人，碩果僅存，雖屬八十一高齡，解析文辭，猶不厭其詳指責我的乖誤，深悔自己書劍無成，辜負長者期望，現在，怡兒亦已成長，總不能勞煩老母，再爲孫兒講解，何況，這些資料的搜集，也不是一朝一夕的事，散失可惜。所以，決定就記憶所及，整理出來。做一點有意義有價值的綜合工作，也許可以對前人所批評「古文觀止」的缺失，會產生一點點彌縫的益處。

慨歎我從小嬉遊不肯用功，因此寫出的東西，有些地方會連自己也不能滿意，加之厚高表弟的英年促命，使我想再找人做一次考訂整理工作，也無法如願，惶惑之餘。希望小曾、小明兩位表姪女，讀到這本書時，知道我對她們父親的懷念。

成書伊始，荷承

孫老伯再壬的勉勵和獎掖。復蒙　孫時敏大姊指敎。謹在此敬致由衷的謝忱。

拜識

六十六年七月卅日

於台北市聯合二邨

閒話「鄭伯克段於鄢」

談到鄭伯與共叔段之間的這段恩怨是非，從表面上看來，應當是共叔段的大逆不道，冀圖篡國。可是歷來的史評社論，都歸咎於鄭伯設陷，衆口一詞毫無異議。不但未見翻案文章，甚至指出鄭伯的罪大惡極，是殘忍之尤，其心狠手辣處，禽獸不如。因爲禽獸猶不肯骨肉相殘。竟沒有人願以按照表面上的解釋，說成共叔段的罪愆，可見公道自在人心，凡事難逃定論。如果想隻手遮天，盡掩天下人耳目，自認十分聰明，終會受到後世的指責！祇能圖博片刻得意，逞一時之快。到後來難免會成爲唾罵攻訐的口實遺臭萬年，得不償失。又何苦來！

任何一件事，都有它的正反兩面，往往一面是外在的，另一面則是內在的，一面是現實的，另一面却又是將來的。這種一體兩面的運用，有時會被形容成「人無遠慮，必有近憂。」希望能在事前，多加考慮，瞻前顧後，免貽後顧之憂。可是，相反的，有些人却能利用人們不肯多加顧慮的弱點，誘人入彀。鄭伯對共叔段使用的手法，便是基於此一論點而形成的。

平心而論，對鄭伯產生偏心的，是他的母親姜氏，共叔段是無辜的。何況，天下無不是的父母，鄭伯如果眞有才幹，應當設計想辦法，來扭轉母親心中的厭惡，乃是正理。不料他却嫁禍於共叔段，從而間接的報復姜氏加給他的苦楚。甚至變本加厲，必置段於死地而後已，來讓姜氏忍受這份無盡的傷子之痛。所以後人評論認爲，鄭莊志在殺弟共叔段，祭仲、子封諸臣，皆受其蒙蔽，游其術中而不悟。既不能悉知鄭莊用心的毒辣，反而誤認主人的寬縱優容爲不當，加以諫阻。於是才產生了所謂：「姜氏欲之，焉辟害。」「多行不義必自斃，子姑待之。」「無庸，將自及。」「不義不暱，厚將崩。」等諉過於人的種種藉口，鄭莊分明早已料定共叔段的一切作爲。欲擒故縱，使所有的婉言直諫，皆不能成爲阻礙他殺弟的障碍，因爲惟有使共叔段坐大，才可以因罪孽深重而伏誅，乘時迅發。甚至連親生母親也包括在內。這種加兵機於至親骨肉間的算無遺策，縱使是盡善盡美，反而更加暴露了他醜惡的一面，怎能不算是殘忍之尤呢？

東萊博議評論鄭莊的作爲，用：「釣者負魚，魚何負於釣。獵者負獸，獸何負於獵。」來比喻，認爲莊公負叔段，叔段又何嘗負於莊公來？又用「爲鈎餌以誘魚者，釣也。爲陷阱以誘獸者，獵也。不責釣者而責魚之吞餌。不責獵者而責獸之入阱，天下寧有是耶。」來解析共叔段的遭遇。使莊公的雄猜陰狠，視骨肉如仇敵，必欲置之於死地的辣手，昭然若揭。先匿其機，而使之狎，縱其慾，而使之放，養其惡，而使之成。利用甲兵之強，卒乘之富爲餌，百雉之城，兩鄙之地爲陷阱，誘叔段的入罪。後世之人，除了同情叔段的冥頑不靈，遊於鄭莊之術中，至死不悟而外，也覺得鄭伯的毒辣，實在使人有「談虎色變」之慨。

幸而是潁考叔的純孝，一番救正，使鄭莊天良發現，彌縫了母子間的嫌隙。左丘明氏用「純孝」來贊揚「考叔」，作爲本篇的結語，眞是「寄慨遙深」。爲之撫然！天下不肯孝順父母的子女，讀到這兒，能不有所誨悟？

閒話「介之推不言祿」

亂世的恩怨是非多，乃是盡人皆知的事實。從介之推的這段際遇中，更使我們意識到當時騈首爭功的火爆場面。而他却能獨自置身事外，不求名利。在那種擾攘的社會裏，表現得如此突出，實在難能而可貴。宜乎在千秋萬世以後，每當人們提起這件事時，還是咨嗟歎息，不能已也。

提起這件事，得先從晉獻公說起，獻公五年，伐驪戎獲得了美女驪姬，深得愛幸，十二年驪姬生子奚齊，獻公有意廢太子申生，改立奚齊。先把太子移居曲沃，公子重耳移居蒲城，公子夷吾移居屈城，分別加以疏遠。廿一年，驪姬終於設計陷害太子，申生既不肯聽信旁人的勸告，出奔他國，又不願向獻公明指驪姬的陰謀，只好在新城自殺。公子重耳和夷吾，聽到申生自殺消息，知道不久便會輪到自己，夷吾決定堅守屈城，和獻公對峙。重耳以爲做子孫的不可和君親打仗，帶着他的舅父狐偃咎犯，以及趙衰、賈佗、魏武子和先軫等五賢士，和從者數十人，直奔他母舅的狄國。留狄十二年，還在那兒結婚生子。僖公十六年，才又率同隨員轉往衞、齊、曹、宋、鄭、楚、秦諸國，受盡千辛萬苦，直到僖公二十四年返回晉國，結束了十九年的流亡生涯。成爲晉文公。

文公卽位後，對出亡在外時的隨侍人員，從優敍賞，大的封邑，小的尊爵。介之推也在從亡的行列，由於他沒有像其他人一樣急切的自求封賞，文公卽位之初，正忙於綏靖地方，經緯萬端。以爲大家旣能主動請賞，已經從優辦理。就不必多操心了，不料，居然還有像介推一樣的梗介之士，淡泊名利，不肯自求封賞，情願退隱山林，直到同情介推的人，在宮門上懸書：「龍欲上天，五蛇爲輔。龍已升雲，四蛇各入其宇，一蛇獨怨，終不見處所。」被晉文公看到，這才想起介推，感慨萬千的說，我只顧忙着國事，却把介推疏忽了。立刻查訪，知道他和母親隱居在緜上山中。馬上派專使，前往山中召喚介推，偏是找不着，文公無奈，便把緜上的山，改爲「介山」，撥山邊良田，作爲祠祀介推的費用，並且說：「用來贖取罪過，和表揚好人。」

本篇中，曾經三次提到介母的談話：「盍亦求之，以死誰懟？」「亦使知之若何？」「能如是乎？與汝偕隱。」無非是在探索愛兒的眞正意願。層層深入，不着主見。措詞客觀含蓄，等到獲悉介推不願出仕的堅定意志時，立刻用「能如是乎？與汝偕隱。」的堅定語氣，支持兒子的理想實踐。的確是位了不起的偉大母親，左傳筆法的簡潔，高妙。在此也可以淸楚的看出來。

荆楚歲時記談到，由於介之推隱藏的深山中，晉文公派人找他不到，沒辦法，有人提議放火燒山，也許可以逼他出來，不料介之推全不在乎，竟被燒死在山中，其時是三月五日，後來，大家爲了紀念他，相率在每年的這一天，不擧火，專吃乾糧和冷食，表示對輕率擧火燒山的懺悔。用來哀悼介之推的死，謂之「禁烟」，或稱爲「寒食」，又有人說，去冬節一百零五天，有大風雨，大約是淸明前兩天，爲了防範火燭不愼，引起災害，所以不擧火，寒食一天，這便是寒食節的由來。和介之推的不言祿，扯不上關係。不過，無論寒食是否與介之推有關，他的高風亮節，早已印烙在人們心中，我們又何必爲了寒食節與否和介之推有關，來多費唇舌呢？

另外，有一點使我們困擾的，他姓介名推，可是在左傳上寫成介之推時，說名字中的「之」字，是語助詞，這可怪了！撇開不同的時代不談，與他同時的季梁、熊率、薳章、子魚、展喜等人，何以說起他們名字時，沒寫成季之粱、熊之章呢？另外，燭之武、宮之奇，是否也是在燭武、宮奇的名字中間，加之爲語助詞呢？撲朔迷離，實在無法尋求滿意的答案，來自圓其說。

閒話「燭之武退秦師」

左傳的文章，杜甫的詩篇，南華的經文，相如的賦詞，司馬的史記，屈原的離騷，以及王摩詰的畫，王羲之的字一向被認為是「古今絕藝」，可以傲視其餘。使我們能從另外一個角度，認清左傳的價值。不過平心而論，左傳文章的優點，必待熟讀深思之後，才可以領會，這便是「好書不厭百回讀」，和好文章必須「熟讀深思」，才有進益的道理。

蘇秦始而拿「連橫」的策略，向秦惠王建議的時候，就是因為說得太瑣碎，不但欠缺層次，而且沒有重心，惠王聽得不耐煩，這才屢次加以拒絕。蘇秦深知毛病出處，馬上回家，「乃夜發書，陳篋數十，得太公陰符之謀，伏而誦之，簡練以為揣摩。」可見「簡練」對任何事物的成敗，有着密切的關係。就因為左傳的文章，充分具備這一因素，也是成為絕藝的條件。

本篇是節錄僖公三十年燭之武為鄭作說客，使得已經圍鄭的秦兵，自動撤離，放棄戰爭的故事。

鄭國和晉國鄰近，秦國則遠在西隅，現在晉國和秦國合兵攻鄭，一旦鄭滅亡，晉國因地利之便，獲得利益是必然的事。然而，秦軍勞師遠征，縱然有所利益，也許會因「得不償失」自動放棄，如此，豈不是秦國在幫助晉國打仗？說不定將來晉國壯大以後，反而會成爲秦國的隱憂。如此說來，秦國這一仗，不打還好，打了反而受害，又何必多此一舉呢？這便是燭之武的「分化離間」，先削弱敵方力量，加以個別擊破的手法。古往今來，破同事之國，多用此說，成爲一項典範。然而，這篇大道理，不是每個人都能說會道的，鄭大夫有見於此，這才慧眼識人的向鄭伯建議人選，燭之武果然不負衆望，完成此一交付的任務。可見「事成於人」，人的因素是相當重要的！

燭之武是鄭國的官吏，然而「懷才不遇」，自不免有所怨訴，因此本篇用：「臣之壯也，猶不如人；今老矣，無能爲也已！」答覆和拒絕鄭伯之請，用意措辭婉曲簡潔，所謂怨而不傷。筆法之妙，細細體味便可瞭然。可是，鄭伯的回答：「吾不能早用子，今急而求子，是寡人之過也。」直截了當，加以自責，從文章的描述中，我們不難臆測到鄭伯說話當時，意態的誠懇，一點沒有巧飾是非的成份。再用：「然則鄭亡，子亦有不利焉！」來作結。轉語的急切，自然能使燭之武感動。而這種不卑不亢的說法，既挽回了自責所失去的尊嚴，也能使話語轉入正題。假如說，本篇在左傳文字的描寫上，還可以找出一些特點來的話，那麼這一寫作筆法，正是很好的例證。無怪燭之武聽了，能心誠悅服，答應鄭伯的支使了。

篇中前段寫亡鄭乃以陪晉，後段寫亡鄭等於亡秦，中間又引出晉背秦的事證，讓人聽了毛髮悚然！所以秦伯不但不肯幫助晉國攻鄭，反而倒轉來協助鄭國禦晉，所謂「一句話說得人笑，一句話說得人跳。」說話的藝術講求，又豈是三言兩語可以概括的。

閒話「魯仲連義不帝秦」

戰國時代，齊、楚、秦、燕、韓、趙、魏七雄並立，其中，要算齊、秦較強，形成兩強爭雄的局面。比較起來，秦受地利的優勢，偏處在西隅，受外來攻擊的機會較少，可以全神貫注，為國家的自立自強而努力。齊國便不同了，與鄰接國家的爭執時起，樹敵既多，國內的也有或多或少的擾亂，因此才有燕將樂毅的利用這些弱點，率領趙、楚、韓、魏等五國聯軍，直搗齊京。臨淄大戰，如不是燕惠王的昏庸，七雄早成六雄。雖然田單復國，齊國的疆土，失而復得，然而元氣已經大喪，再也無法和秦國爭取霸權，使得秦國能夠坐大，成了唯我獨尊。

秦圍趙，魏王想派晉鄙軍去救趙，駭怕秦國的報復，大軍停在蕩陰沒有前進，反而派客將辛垣衍到趙國，勸說平原君尊秦為皇帝，魏王的想像，這樣一石兩鳥，既可解此倒懸，又能兩面討好，再高明也沒有了。然而魯仲連却挺身而來，揭穿這一想法的不切實際，指陳其中利弊得失。後來又有信陵君的矯詔擊殺晉鄙，奪軍救趙，秦才引軍而去。（有關信陵君救趙事，留待閒話「信陵君救趙論」中，再加以討論。）其實，秦的圍攻邯鄲，並非僅僅為了要趙尊秦做皇帝才出師，而魯仲連的指陳辛垣衍建議失當，也不過是就事論事，用來分析得失而已，對于秦國攻趙的影響，稱得上具體而微，如果不是信陵君的援軍開到，邯鄲也許已經成爲秦國的疆土了。

平原君想封魯仲連的官職，有着「感恩知己」的意思，當然和邯鄲危機解除，有些關連，但似乎不太大。至於魯之再三辭讓，不肯居功接受封賞，實在也是英雄本色，令人拜服！

魯仲連本是齊人，是辯士徐劫的弟子，當他十二歲的時候，就曾雅博有「千里駒」的令譽，他雖喜歡替國家或個人策劃，但却不肯服官出仕，嚴守他的節操，到了趙國，正好看見辛垣衍奉了魏王的命令，讓平原君提出要趙國尊秦爲皇帝。認爲太荒謬了，他這才挺身而出，仗義直言。終于使辛垣衍自知理屈請求離去，根本推翻了擁護秦國爲皇帝的論調。讀史到此，使人欣佩魯仲連確有不平凡之處。

蘇轍曾經在「六國論」中，發爲感慨說：「以地事秦，猶抱薪救火，薪不盡，火不滅。」其實，尊秦做皇帝，何嘗不也是這樣，祇要有一人一地不肯臣服秦國，那麼戰事便永無止境。魏王但求朝夕的苟安，不惜讓秦坐大，又豈是有作爲賢明君王的作風和見解。這些都是秦能滅六國的間接因素，倘若六國能夠一心一德，衆志成城，又何至使六國的逐一被消滅。俗話說得好，人類祇有利害的相互利用，決沒有道義的結合，拿道學的觀點來說，認爲這乃是大逆不道的狂悖之言，其實，這才是眞正的至理名言，歷史上的例證不少，無庸我們多饒舌。

至於魯仲連向平原君所揭示的：「所貴於天下之士者，爲人排患釋難解紛亂，而無所取也。」正如祥麟威鳳，可以遇而不可以求，自是戰國時的第一奇人。如果拿來和蘇秦所謂的「安有說人主，不能出其金玉錦繡，取卿相之尊者乎！」的說法相互印證。稱得上是各走極端，實在有天淵之別！

閒話「樂毅報燕王書」

樂毅的先祖樂羊，曾經是魏國的大將，攻伐中山有功，封於靈壽，後世子孫便落籍在那兒，趙武靈王收復了中山，因此，樂毅的籍貫，既是「魏」，也可算是「趙」。完全由於他的住地，曾經是魏或趙領土的緣故。他雄才大略，先受到趙的重視，後來看到趙國政治上的紛亂，便從趙國轉去魏國。此時正當燕國被齊國打敗，處於生聚敎訓，力謀雪恥，屈禮招賢的當兒。樂毅奉昭王差遣，到燕國訪問，表示魏國對燕國支援的意思，燕王便重用樂毅，請他代爲策劃伐齊的計謀，樂毅向燕王分析說，齊國太強，地大人衆，以燕國彈丸小國，實在無法單獨和他作戰，但是，由於秦、齊爭奪覇業的過程中，齊國不但打敗楚國，又幫助趙國收復了中山失地，這一連串的勝利未免使齊坐大，表現出驕恣，使得背秦轉而親齊的各國，反而覺得齊國比秦國更難伺候。我們不妨利用這一弱點，組織趙、楚、魏、燕聯軍和齊國對抗，才可以穩操勝算。燕昭王十分欣佩樂毅的看法，決定全權付託請他策劃進行，燕國也全國總動員，拜樂毅爲上將軍，聯合趙、楚、韓、魏的聯軍，共同伐齊，這是周赧王三十一年的事，當時齊雖全力抵抗，却擋不住四面八方包圍而來的聯軍，使得濟南以西的領土，全部淪陷。趙、楚、韓、魏四國，因爲報仇的目的已達，不願再捲入這場勞民傷財的戰鬥，相繼帶領參戰的本國軍隊回國，樂毅則繼續乘戰勝的餘威，單獨指揮燕軍，深入齊境，攻下了都城臨淄，齊國僅剩有「莒」和「卽墨」兩城，仍在堅守未破。

燕昭王得到前線的報捷，覺得十分驕傲，這種以弱鬥強，能有此輝煌成果，都是樂毅的功勞，特地親自到前綫勞軍，封樂毅爲昌國君。大軍則駐守在莒與卽墨的郊外和齊軍對立。這種相持的局面，維持了將近五年，直到燕昭王死後，惠王繼承王位，對於過去昭王加於樂毅的厚寵，心中早存芥蒂，又聽信齊人反間計，說樂毅瞧不起他，想自立爲王，所以才不肯全力進攻莒和卽墨兩城。惠王少不更事，信以爲眞，卽位後，便派騎劫代將，召回樂毅，樂毅知道惠王別有用心，交卸燕軍統帥的責任後，悄然的回到趙國，被趙封爲望諸君。

騎劫是個有勇無謀的匹夫，既不是齊軍守將田單的對手，與樂毅比較，相去懸遠。因此，田單才能施展謀略，從容部署反攻，何況一面是生死存亡的自衞之戰，一面是侵略的暴力戰爭，條件既然懸殊，成敗自然容易判別，在「哀兵必勝」的前提下，齊軍個個拼命求活，使得數以十萬計一向驕縱的燕軍，轉眼間，四散潰退，狼狽逃竄，騎刼在亂軍中亦爲齊兵所殺，田單絲毫沒有留給燕軍喘息的機會，乘勝追擊，一擧收復了過去失土七十餘城，這便是歷史上「田單復國」之戰，也正是我們常說「毋忘在莒」的典出處。面臨這種生存死亡的關頭，如果能堅忍奮鬥，化悲憤爲力量，以一當十，終必能克敵致果。田單的故事，正是一個好榜樣，能發揮「仁者之師無敵」的精神，自然能以寡擊衆，雪恥復國了。

燕惠王到此才恍然大悟，原來樂毅的做法是對的。無怪燕軍攻齊的最後兩城莒與卽墨，猛攻不下時，樂毅立刻改變戰略，把軍隊撤離城區九里以外，構築堅強工事，做長期的圍困。對于從莒和卽墨逃出城來的難民，不但沒有留難，反而給予濟助，幫他們逃離危險區，以鬆懈守軍的鬥志，達到逐漸削弱，逐漸消滅的企圖，因此，在圍城三年後，有人向昭王進讒說，樂毅能一口氣攻下七十多座城池，偏讓莒和卽墨，相持三年多，明明是擁兵自重，有稱王的不軌圖謀。昭王不但沒接納這一說法，並且把進讒的文書，交給樂毅，進讒的人也遭到斬首，反而拜樂毅爲齊王，處處顯出昭王對樂毅的充份信賴。樂毅在感激之餘，也曾上表謝恩，婉辭封賜，又表示一定要殲滅齊國作爲報答。等到惠王信讒言爲眞，和騎刼取代後的喪師辱國亡身，不但後悔擧措孟浪，使功敗垂成，更駭怕樂毅挾怨嫌乘燕的疲弊，率兵攻打，燕國便吃不消了，才用一種卑恭屈膝的態度，致書樂毅，替自己的過失，加以狡辯掩飾，樂毅爲了表明自己的心機，才寫這封信回覆惠王，乃是本篇寫作的背景。載在「國策」一書，本篇則是節錄後加註，選出來的一段。

從這篇書函中，我們可以淸楚的看出樂毅的忠謹，是做爲人臣中很少見到的。「察能論行，則始進必嚴，善成善終，則末路必審。」實在是位不可多得的明哲之士，尤其書中，情致委曲，更多忠實的遺風，不怨不激，品望之高，令人敬服。

後來燕惠王便封樂毅的兒子樂閒，繼爲昌國君來加以安撫，使得樂毅一家，往返在燕趙兩國道上，無所阻碍。樂毅後來死於趙，葬在位於邯鄲西面數里的地方，也許我們現在還能找出垕諸君樂毅的遺塚。

不久，燕惠王靜極思動，用粟腹丞相計謀，興兵伐趙，徵求樂閒意見，閒以爲趙國勢正強不可輕率。惠王又不聽信，再次的輕進，被趙將廉頗，大破燕軍於鎬。生擒粟腹和樂乘，逼得樂閒也只好投奔趙國，受封爲武襄君。戰事結束，燕割地重賂求和，再次嘗試到敗績。

讀史到此，使我們感覺到「統御領導」的重要性，假如燕昭王不死，或者燕惠王能繼續任用樂毅，甚至在接受第一次戰敗教訓後，不再輕信粟腹的企圖。歷史的演變，會有臆測不到的後果和形態。惠王的「前倨而後恭」和自我掩飾，反而欲蓋彌彰。至於樂毅的剖白心跡，使我們在隱約中，能嗅到他激揚磊落的古君子氣息，他書中的警句：「臣聞古之君子，交絕不出惡聲；忠臣之去也，不潔其名。」淒涼哀怨而不傷，至情至理，至忠至厚，使我們今天讀到這兒，也不禁爲之掩卷長歎！

閒話「李斯諫逐客書」

史記、李斯列傳中有一段：「秦二世二年二月，具斯五刑，論腰斬咸陽市，斯出獄，與其中子俱執，顧謂其中子曰，吾欲與若復牽黃犬，俱出上蔡東門逐狡兔，豈可得乎，遂父子相哭，而夷三族。」讀史至此，使我們連想到，一個人的作爲，必須瞻前顧後，作退後一步打算，那麼天下多少悲劇，便不致發生。總之，處在權勢的顛峯，如果不知忌諱，等到事情發生，懊悔已經來不及了。李斯正是一個明顯的例證！

當李斯在被逐的途中，即時向秦始皇上諫疏的時候，正處于好、壞兩個極端的分野；准了諫疏，馬上可以官復原位，仍舊安享富貴尊榮。不准，便得接受既成事實，返回上蔡。也許正如前面所說，與他的第二個兒子，一同走出東門外，打獵逐狡兔，優遊一生。縱然不會遭遇到滅族的禍害，但也不會成爲秦朝的權勢人物，名垂久遠。利害關係如此的綜錯複雜，眞使我們感到迷惘。

李斯的幸運，或許正是他的不幸。秦始皇否決了逐客的意見，因此在以後的廿多年歲月裡，完全聽信李斯的計謀。他貴爲丞相，言聽計從，全家同時也受到無比的榮寵，長子李由，擔任三川太守，其餘幾個兒子也被召爲駙馬，娶到秦國公主，女兒也嫁給秦國公子，成了朝野羨慕的對象。李斯原爲上蔡一布衣，明知「富貴極矣，物極則衰」的道理，却使他利令智昏，不肯自爲警惕，一意孤行，終于演出了滅門的慘劇，可算咎由自取，怨不得別人。其實，這也是他早已預料到的，因爲富貴極矣的這兩句話，正是他最得意時所說的。

平心而論，本篇不愧爲傳世的佳作，尤其是中間的三、二段，一反一覆，一起一伏，措詞精警，愈辨愈明。略加轉換數字，而精神愈出，意思愈密。無限曲折變態，誰說文章的妙處，不在虛字和語助詞的講究呢？要在如何能恰到好處，不得再做一字的增減，實在是難能而可貴的。這篇文章影響到李斯一生，是不言可喻的。

李斯從荀卿學帝王之術，學成後，考慮到楚王不能成大事，而六國中，其餘的齊、燕、韓、趙、魏諸國，也都不濟，無法可以開展抱負，才到秦國去，做爲秦相呂不韋的參謀，深受到呂的器重，便向秦王建議，拜爲長史，秦王採用他的策劃，暗中派出能說會道的人，帶了重金到各國進行遊說，並且用財力資助他們。不願意接受的，便派人加以暗殺，離間各國君臣，再用武力作爲後盾。利誘威脅，無所不用其極。不幸遇到韓國的水工鄭國，奉命到秦國來做間諜，勸秦國做一條灌溉的溝渠，從雍州雲陽西南，一直延伸通到洛水，全長三百餘里，使得秦國軍民，傾全力專注於溝渠的開拓，無暇尋釁，攻擊鄰邦。事被秦國識破，宗室大臣，乘機大做文章，進行排外，明白指出，各國到秦國來工作的人，大都是他們國君，派遣到秦國來的間諜。得到秦王許可，詔示驅逐朝內所有客卿，李斯爲了自保，不得不上疏力諫，辨證得失，秦王認爲說得有理，當他到驪邑時，得到詔命，准許回朝復職。照說受此打激，應當心存警惕預留後步，然而，他却祇是感恩圖報，專爲皇室打算，與天下人爲敵，在他所設計的庶政中，像把郡縣城池拆除，把兵刄集中保管庫存，表示不再使用，不給任何人土地的封賞，不立子弟爲王，不讓功臣成爲諸侯，使得朝廷沒有攻戰的顧慮，收繳詩書百家文集入宮中，讓百姓們無書可讀。僅留醫卜筮種樹等的科技叢書。如有人要學習，還得拜地方官爲老師。使天下人沒法談古時的得失。一面又立威信，崇尙法度，律令之嚴，使得人民有談虎色變的恐懼，雖然齊人淳于越上疏切諫，疏中有兩句警語是：「事不師古，而能長久者，非所聞也。」始皇也有着一時的覺悟，准了諫書，然而，由於李斯勢大，却也無法馬上改變，同時集權中央，正是每一有抱負君王的志尙，始皇當然不肯貿然捨棄不用，造成李斯的恣意妄爲。事情越演越烈，和趙高朋比爲奸，矯詔賜太子胡蘇自盡，終于自食其果，復又被趙高計殺，所謂天道好還，報應不爽，眞是一點不錯。

太史公說：「李斯以閭閻列諸侯，入事秦，因以瑕釁，以輔始皇，卒成帝業，斯爲三公，可謂尊用矣，斯知六藝之歸，不務明政以補主上之缺，持爵祿之重，阿順苟合，嚴威酷刑，聽高邪說，廢適立庶，諸侯已畔，斯乃欲諫爭，不亦末乎。」實在是李斯一生的定論。

在推展文化的立場來談，李斯能協助始皇，統一全國文字，製訂小篆，有益於後世，功不可沒。可惜爲了權勢、利慾，使才智不能發揮在正途，不然，李斯的功勞，且與周、召並列，千古流芳。反而爲才智所誤而滅族，不禁使人太息。

趙高旣計殺李斯，又迫使二世自殺。想自己做皇帝，文武百官沒有人肯聽從，這才召始皇乃弟子嬰，授國璽給他，子嬰卽位，便和宦官韓談，以及他的兒子相勾結謀殺趙高，夷趙的三族。是從前趙高施之於李斯的那一套，他自己也身受了，可見作惡的人，必定會受到應得的報應，只不過是時間的遲早而已！

閒話「項羽本紀贊」

古文觀止所選史記各篇文字，多採擷其中精采的片斷，沒有「原文抄錄」的篇章，旨在「淺嚐一臠」欣賞其精華而已。本篇原係史記第七卷「項羽本紀第七」的末段，乃是太史公司馬遷對項羽一生行徑的贊頌。如果我們將本紀中若干部分，加以聯想，會發現到書中的議論，頗多影射當時的帝王「漢武帝」之處。

閒話「太史公自序」文中，我們可以找到司馬遷撰寫「史記」的背景，因此，我們也有理由相信，本篇贊中的五層轉折，唱歎不窮，曲盡言談之妙，是別有會心的。所謂：「自矜功伐，奮其私智而不師古，謂霸王之業，欲以力征，經營天下……倘不覺悟而不自責，過矣。」分明是對漢武帝「窮兵黷武，繁刑重賦，重用法吏，陰事韓中。」的一項諷喻。認爲當時的「盜賊蠭起，天下騷然。」乃是武帝北逐匈奴，南置九郡，西通西域，東平朝鮮，連年征伐，內則多慾，外示仁義，支用無度，使得百姓空竭，萬民疲弊的結果。其實，司馬遷的身受腐刑，何嘗不是受武帝窮武黷武的間接影響所形成。

意在言外，有一項鮮明的對比：項羽與武帝的曾祖劉邦爭霸天下，項王敗績，自刎於垓下，呂馬童、楊喜、呂勝、楊武等各得一體，漢王仍以魯公號葬項王於穀城，爲發喪，哭臨而去。後世多以此嘉譽漢高帝，認爲他的胸襟濶大。如果拿武帝屠殺李陵老母事相比況，遠不如他的曾祖多矣。因此，後世有人評論武帝，續用司馬遷撰寫史記，是項無可補償的重大失策，這話一點沒有牽強。司馬遷僅僅是爲了替李陵申辯，受到如此的重刑，武帝原意，只重立威，不談其餘，這就無怪司馬遷怨毒之深了。既沒法和當時的執政，至上權威的武帝明鬥，只好拐彎抹角的寄心聲於文字來諷喻了！

用「指桑駡槐」的手法，來一抒個人胸中的無限積鬱，不但暢所欲言，毫無斧鑿痕跡，這就不能不佩服司馬遷的寫作技巧了！「史記」之所以千古不朽，又豈是一言能夠概括的。

閒話「孔子世家贊」

本篇是從史記原書四十七卷，孔子世家第十七，摘取文中末段，太史公司馬遷之觀感而來。原文有一段索隱述贊說：「孔子之胄，出於商國，弗父能讓，正考銘勒。防叔來奔，鄒人倚足。尼丘誕聖，闕里生德。七十升堂，四方取則。卯誅兩觀，攝相夾谷。歌鳳遽衰，泣麟何促，九流仰鏡，萬古欽躅。」規撫詩經雅、頌和離騷的體裁，用四字句述爲頌贊，實爲意眞詞約的哀感作品，也就是本篇贊頌文字所出現的別一體裁。本篇則改用散文寫成，起手憑空極贊，轉回到孔子身上，既而又從孔子身上，轉爲極贊終篇，突入而突出，是篇十分不容易寫好的精心之作，値得加以仔細玩味。有「想之不盡，說之不盡。」的韻味，如同一個面臨汪洋大海上的人，只看到這一片澎湃，說什麼也沒法形容出自身的感受一樣。

本篇起首，有一段小註指出，孔子非有諸侯之位，而亦稱世家者，太史公以孔子布衣傳十世，學者宗之，自天子王侯，中國言六藝者宗於夫子，可謂至聖，故爲世家。

篇中首先敍出，魯襄公二十二年而孔子生，生而首上圩頂，故因名曰丘云。因爲頭頂上一小塊突出像山丘，才取丘爲名的。然而公羊傳以及穀梁傳的記載，孔子生於魯襄公二十一年，和史記的記載，顯然多了一歲。按照當時的年代換算，魯襄公二十二年，是周靈王二十一年，兩者相差一年，不知是否由於年號的錯用，才有此異同，還是另有原故，就無從考查了。不過，公羊、穀梁兩傳既有相同的記載，史記又是太史公事後的追記，究竟以經或史爲依據，必須有一個肯定的說法，切不可再發生如像六十六年孔誕日，報紙上說是孔子的二千五百廿八週年，電視上却又說成二千五百廿七週年，一個依經，一個據史的笑話。因爲孔子的誕生年代，是絕不可能有兩個的。

孔子名丘，字仲尼，排行是老二，魯昌平鄉陬邑人，也就是現在的山東曲阜地方，生於春秋周靈王時，父叔梁紇，在孔子三歲時死去，受母顏氏撫養長大，兒時遊戲，喜演祀祭的禮儀，十七歲時任大夫之職，深受孟釐子的器重，後來一直做到司寇，不久，因齊人送女樂到魯國，孔子看不順眼，才離職周遊齊、宋、衞三國，在齊國時，擔任高昭子家臣，齊景公本想重用他，受到宰相的杯葛而作罷。他風塵僕僕的遊歷各地十四年，希望匡正人心以挽救頹風，痛矯時弊來轉移風氣，却得不到有力的幫助，未能在當時有所榮顯，是件十分可惜的事。從衞返魯後，開始著述工作，致力於文化傳播。刪詩書、作春秋，並以詩書禮樂教弟子，分科傳道，受業解惑。立教範、垂道統、啓私家講學的宏規，杏壇設教，聚子弟三千人，因才而施教，做到「有教無類」。在他的三千生徒中，通六藝禮、樂、射、御、書、數的，竟達七十二位之多，足以參天地的化育，爲萬世師表。

孔子雖有博學濟世的聖德，當他周遊列國時，曾經在周國，問禮於老聃，充分說明了「學不厭」的求知精神。孔子的學說精義是：「志於道，據於藝，依於仁，游於藝，以「忠恕」爲一貫之道，窮則獨善其身，達則兼善天下。利用「學不厭、教不倦、有教無類、溫故知新、諄諄善誘。」爲手段，來達成此一理想。樹立學術開放、砥礪切磋的軌範。

孔子一生，最大的貢獻是確立修身、齊家、治國、平天下的準則，必須要從：「正心、誠意、格物、致知。」做起，以「禮義廉耻」和「忠孝仁愛信義和平」的四維八德來維繫世道人心。使我中華民族的五千年道統，賴以不墜，豐功偉業，足以爲萬世之法，所以被稱爲「大成至聖先師」。

閒話「酷吏列傳序」

在史記的敍傳中，大都是按照原有宗譜或事業相承的順序，一貫撰寫，屬於縱的編排。但也有將性質相同的人，合併做橫的敍述。不但可以彌補縱的方面敍述之不足，也更加簡明扼要，省去篇幅上的浪費，本篇便是基於這一原則寫成。

此是史記列傳第六十二酷吏列傳序言的節錄，和列傳第五十九的循吏列傳，適爲同一類型的兩個極端。

循吏傳中，包括楚相孫叔敖，鄭相子產，魯相公儀休，楚相石奢，以及晉之獄官李離，皆是守正不阿，堅持原則的能吏，特別受到太史公司馬遷的敬佩，爲文加以表揚的。

酷吏傳一共敍列了郅都、寧成、周陽由、趙禹、張湯、義縱、王溫舒、尹齊、減宣、杜周等十人，按照太史公的評論，認爲郅都伉直，引是非，爭天下之大體。張湯以知陰陽，人主與俱上下，時數辯當否，國家賴其便。趙禹時據法守正。杜周從諛，以少言爲重。此十人中，廉者足以爲儀表，如郅都不發私書，問遺無所受，請寄無所聽，雖時人側目，號爲「蒼鷹」，然匈奴畏憚，至爲偶人象郅都，令騎馳射莫能中，聲威之壯，可以想見。趙禹爲丞相史，府中皆稱其廉平。張湯爲御史大夫，朱買臣、王朝、邊通等三長史陷之，遂自殺，湯死，家產直不過五百金，皆所得奉賜，無他業。尹齊以淮陽都尉病死，家直不滿五十金。皆能潔身自好，持儉養廉。其汚者足以爲戒，如寧成之好氣凌上，其治郊郅都，廉則不如遠甚，有「仕不至二千石，賈不至千萬，安可比人乎」之感慨，利祿薰心，所以公正廉明難存也。寧成爲關都尉，歲餘，關東吏隸郡國出入關者，號曰，寧見乳虎，無値寧成之怒，義縱遷南陽太守，寧成家居南陽，側行迎送義縱，乃爲縱盡破碎其家。縱爲右內史時，王溫舒爲中尉，溫舒至惡，其所爲不先言縱，縱必以氣凌之，敗壞其功。取爲小治，姦益不勝，誅殺甚多。然亦不免於棄市。自食其報。王溫舒居廣平，捕郡中豪滑，連坐千餘家，大者至族，小者乃死，家產盡沒官，盡十二月，郡中無聲，毋敢夜行，野無犬吠之盜，其頗不得，失之旁郡國，黎來會春，溫舒頓足歎曰，使多月延一月，足吾事矣。其好殺伐行威不愛人也如此，其後，有人告以舒受姦利，自殺死，家直累千金，此皆酷吏之汚者，其他如蜀守馮當暴挫，廣漢李貞擅磔人，東郡彌僕鋸項，天水駱壁推咸，河東褚廣妄殺，京兆無忌，馮翊殷周蝮鷙，水衡閻奉朴擊賣請，不過酷吏之小焉哉，尚不足列傳，然此八人之醜惡，亦可歎爲觀止矣！

史記列循吏五員，酷吏十人，猶有次焉者八人，善惡之別，爲五與十八之比，所謂「人之初，性本善。」適成爲其諷刺也。

本篇爲諸酷吏列傳前的總敍，主要的旨趣，在討論爲吏之道，「任德而不當任刑」。所謂「苛政猛於虎」，酷吏一旦出其政令，言出必行，其猛其酷可知，是以人人惴恐，非無因也。

序中引述孔子及老子之言便見，提出秦法苛嚴，漢治寬仁，對照比較，取捨之義，讀者自可會心得之，不必遽下定論也。

昔日漢法之寬尙，和今日之嚴峻，意在言外，隱約可現，這也許是太史公司馬遷，因仗義直言李陵的必不叛漢，觸漢武帝之怒，身受腐刑，微言諷物，有自抒積鬱的意味。旨深而詞約，不落痕跡。後人批評史記的文筆奔放，博大精深。也許從這些地方，可以找出一些概念來。

閒話「滑稽列傳」

「滑稽列傳」，原載史記第一百二十六卷，是七十篇列傳中的第六十七篇，本是齊人淳于髡，楚人優孟及秦人優旃三人的合傳，選入「古文觀止」時，僅節錄了淳于髡的一部份，沒有把優孟和優旃二人敍傳，一齊加入，節省篇幅。其實，無論是言人，言事，我們有理由相信，這一節錄是比較平允的，因爲，後二人的成就，均沒法和淳相提並論。選一人作爲代表，似乎更爲切合。

按照古老的解釋，「滑稽」是流酒的器具，可以轉注吐酒，終日不息。後人就用來譬比能言的善辯之士，出口成章，詞不窮竭。如同滑稽的吐酒一樣。所謂：「言諧語滑利，其知計疾出也。」

淳于髡，實在是位傑出的人才，對齊國來說，更是功不可沒。他滑稽多辯，好多次奉派到其他國家辦交涉，未嘗屈辱，獲得了外交上的重大勝利。尤其是他的反應靈敏，諷諭設諫，使齊威王能幡然警覺，卽時振奮，成就了三十六年的覇業，這些都是極其艱辛的任務，然而，淳于髡却能在「談言微中，亦可以解紛。」的情形下，輕易的解決，就不能不佩服他手法的高明了！至於，勸規齊王的停止長夜宴飲和成爲齊王的禮賓司，雖有益國是，但拿他一生的作爲來說，也還是些微不足道的小事！

太史公對淳于髡的偏愛，我們可以從孟子荀卿列傳中，讀到對他節操和識度的描寫，又能在滑稽列傳中，熟悉他一生的作爲。像這種「一人再見一事兩繫」的介紹，也正是史記中少數的特例之一，說是淳的人物突出，並非過份。

孟子荀卿列傳中，談到淳于髡，說他博聞彊記，學無所主。他的諫說，和晏嬰有若干類似的地方。有人將他介紹給梁惠王，第二度見面便沒有話說了，惠王很奇怪的查問，知道他的爲人，再見到時，設法打開他的話匣，一談便是三天三夜，惠王很賞識他，便想任爲卿相，髡不肯受，拜謝辭囘齊國。深受國人的贊佩，說齊國才是天下賢士的歸宿。

「滑稽列傳」敍述優孟的部份，大約是這樣說的，楚莊王要想用葬大夫禮葬他原來所乘的馬，並且命令不准進諫，優孟反而請求用天子的禮葬來葬牠，說這樣才會讓諸侯知道大王對馬的器重比人才還要優厚，王才幡然翻悟。沒有用葬大夫的禮葬馬，得到進諫的效果。

孫叔敖做楚國宰相，死後，太太和兒子竟窮到無法生活，可以想像到他做官的清廉。優孟看了，很爲孫叔敖不平，便模倣孫的言行，穿他的衣冠求謁莊王，使莊王眞以爲孫叔敖復生，要用他做宰相，優孟便諷說，清廉官吏死後，他的妻子靠賣柴火賺錢吃飯，窮困得很，難以生活，所以還是不當宰相的好。莊王說，我不知道這件事，這才把孫叔敖的兒子封在寢丘，要他奉祀孫叔敖的祭典一直延綿了十世，如果不是優孟的仗義設計諷諫莊王，孫叔敖的子孫，早已貧窮得無法生活，又那能取得蔭封呢？

列傳中，另外一位是秦朝的優旃。事實是敍說秦始皇要拓寬大苑囿，東面從函谷關開始，西面到陳倉。朝中人多不以爲然，優旃反而稱讚是好主意，可以多畜養禽獸，用來禦侮却敵。秦二世想把城牆油漆漂亮，大家都暗笑二世荒唐。優旃說這樣可使城牆光滑，敵寇來攻城，爬不上來，便可以從旁邊攻擊敵人。使始皇和二世才恍然自悟，中止了這種想法。三言二語，毫不費力的解決了問題，也是位傑出的滑稽人物。

後來，元成博士褚少孫，又在原列傳後面，增補加敍了六章，除「河伯娶婦」乃是魏文侯時，西門豹治鄴城的故事以外，餘五章，皆是漢武帝時的事。其中，又再談到淳于髡的獻鵠給楚王，也有人指說這是魏文侯時舍人無擇到齊國時的作爲，事相同，人却不一樣，似乎有些攪亂了，而且出於巧辯，沒有可師法之處。東郭先生的一章，稍微有點內涵。東方朔的兩章，拿來和優孟、優旃的事實相比，大概還有一點距離，所以司馬遷史記的滑稽列傳原文把它刪除沒有列入，這是見仁見智的問題，各有它的立場，我們也不必再加討論。

倒是補敍六章中的第一篇，談到漢武帝小時候，東武地方一位姓侯的媽媽，常常撫養武帝，大夥兒都稱她做「大奶媽」。武帝卽位後，奶媽所講的話，都能受到重視。甚至還詔令奶媽可以乘車，在官道上行駛。當時的公卿大臣，都非常敬重奶媽。不料她家子孫奴從在京中胡作非爲，刼人財物。被人向朝廷告發，公卿大臣多不忍治大奶媽家敎不嚴的罪，只好奏請武帝准將奶媽的家遷離京都，搬到邊塞去。奶媽入朝面謁武帝叩辭，先見郭舍人時痛哭失聲，舍人也沒有辦法，只好叮囑她，叩辭出來時，一再回頭看武帝，郭舍人乘間便說：「咄！老女子，還不快點離去，陛下已長大，再也不要吃你的奶了！」皇上聽了，深受感動，同情大奶媽的遭遇，給她特赦，仍准她留在京都，只處罰譖奶媽的人。與裨史所載漢武帝因乳母有罪要殺她，東方朔爲乳母設計，得蒙寬赦一節，事小異而人不同，史記所載旣屬可信，不知東方朔的這一故事，何獨能久傳，未見有人駁斥？可是高祖功臣表說，東武的侯郭家，高祖六年受封，子他，孝景六年因罪被殺，封號也收回。原來，從前他的母親曾經養過武帝，所以才得過封賞。孝景是劉啓的年號，正是武帝劉徹的父親，乳母侯氏的兒子，既然被殺在前，子孫仍不知悔改，依然作惡，那麼乳母的受公卿敬重，恐怕也是無稽。前後記載和敍述不一致，撲朔迷離，莫衷一是。正史尚有這麼多的附會，裨史更談不到正確了。姑且存疑，以就教于高明。

閒話「太史公自序」

太史公是「史記」作者司馬遷的自稱，史記原稱「太史公書」，也是他生平的力作。此書上接周孔，原本六經，表彰先人，深具廣博之旨。却也是發憤鬱結，至情的發洩，所以文末才有：「西伯拘美里演周易；孔子戹陳蔡作春秋；屈原放逐著離騷；左邱失明，厥有國語；孫子臏脚，而論兵法；不韋遷蜀，世傳呂覽，韓非囚秦，說難孤憤；詩三百篇，大抵聖賢發憤之所爲作也。」的諸般比況，由此，我們不難想像，司馬遷有多深的寃屈和憤激了。

司馬遷，字子長，漢、左馮翊夏陽人，生於漢景帝中五年，也便是公元前一百四十五年。他的父親司馬談，學問淵博，不但熟悉史事，懂天文地理，對於春秋戰國以來，學術流派的淵源，也都耳熟能詳。武帝時，擔任太史令，也便是史記書中所稱的「太史公」，遷居到茂陵，卽今天的陝西興平縣。元封元年，司馬談臨去世時，特別交待司馬遷，要他繼承志業，將史書寫成，這部史書，便是今天我們見到的「史記」，司馬遷既然繼承父業，自然也可以「太史公」自稱了。

元封三年，司馬遷正式繼任太史令，開始廣羅各項史料，又將皇家的「石室金櫃」御用圖書，全部掌握。搜集的資料至為宏富。又到處遊歷，結交有學識的人，從事實際的採訪，和互相切磋，做考訂的工作。經過一段不短時間的準備和醞釀，到太初元年，也便是公元前一百另四年，在公孫卿、壺遂等人的共同策劃下，先頒佈了「太初曆」，然後便着手編寫「史記」，開列出全書的篇數，然後次第寫作。不料五年後，為了李陵的投降匈奴，使得漢武帝至為震怒，要處斬李陵全家，包括高年老母在內，用來洩憤。司馬遷是深知李陵抱負和作為的，竭力辯護，訴說李陵的忠誠，被武帝遷怒，處他腐刑，拘他下獄。閹割他的生殖機能，太始元年，也就是公元前九十六年，才受到赦免出獄，擔任中書令，也就是皇帝身邊的侍從秘書，職位高低雖和太史令差不多，但中書令可以在宮中自由行走，限制必須是受到腐刑的閹官，才能充任。他一面做中書令，一面繼續完成原太史令任內，未做的著述工作。大約在征和四、五年，也便是公元前九十到八十九年之間，他死去的時候，已具備了史記的全部規模，包括本紀十二篇、表十篇、書八篇、世家三十篇、列傳六十九篇，和太史公自序一篇，共為一百三十篇。但其中景紀、武紀、禮書、樂書、兵書也就是律書；漢興以來將相年表、日者傳、三王世家、龜策列傳、傅靳列傳等十篇，僅有篇名，尚未撰寫內容，照三國魏張宴的說法，這十篇是由漢元成間的一位博士褚少孫所補撰足成的。因此，「史記」一書，並全非司馬遷一人的力量完成的。有人還說，武帝紀、三王世家、龜策、日者列傳、言辭鄙陋，非遷本意。但也有人不同意這種說法，因與本篇關係不大，所以不能多加引伸。不過，嚴格的說起來，「史記」是我國第一部通史，在這以前，編年史如春秋，國別史如國語、戰國策，政治史如尙書，都屬於片斷式、集錦式，沒有像史記上下幾千年，包羅者廣，且脈絡分明，能融會貫通，是可以獲致整體概念的歷史記載。

太史公創設了「紀傳體」的規模，澈底糾正改良了一向所持用「編年體」的缺失，使冗廢繁瑣和缺乏重點都糾正了過來，影響以後史書資料的編纂，從此歷代作史的人，就沒有跳出這個範圍。自「漢書」到「明史」，絕無例外。

本篇原是史記的第一百三十篇壓軸篇，但在「古文觀止」中僅是選出全序的一部份，引述了司馬遷和壺遂兩人的意想，剪頭去尾，截取中間精彩的片斷，以使讀者能領略到全序的精華部份。選輯者確是花費了不少工夫和心思的。

「太史」乃是官名，夏商周時卽已有之，早在黃帝時代，便有史官之設，不過不稱做太史吧了！黃帝曾命倉頡做左史，專記載所說的話，屬於言；又命沮誦爲右史，專記載所有作爲，屬於行。將「言」「行」分開，由左右史來掌握記載。三代時稱做太史，不但是史官之任，還要兼掌星象和曆法。從司馬遷編寫史記以前先頒佈太初曆的事例來看，可見當時史、曆仍是統一掌管的。周代以後，爲了社會組織關係的日益繁複，這才分門別類，又將史官的執掌分爲內史、左史、右史、太史、小史等的官稱，各有專司，一般地說來，如天子的起居注等，則由內史記載，太史的責任，則偏重於提綱挈領的總纂。兼及星象、曆法而已，兩漢時，並屬於太常。北齊以後，始專設衙門稱太常寺，隋唐以後，所屬甚繁，包括郊社、太樂、鼓吹、太醫、太卜、廩犧等六署，太史的名稱已不復見。春秋戰國時代史官的功效日彰，連諸侯小國，也都有史官的設置。並且都保存有十分完整的記錄資料。因此，孔子才能删節三代史官的記載，編纂成以「記言」爲主的「尚書」；又能依據魯國史官的記載，寫成以「記事」爲主的「春秋」。其他，像左丘明所著的「國語」以及「左傳」，也都是史書一類。如果說孔子和左丘明，都具有「太史」的背景，未嘗不可以，不過在習慣上，一提起「太史公」，大都認爲是指的「司馬遷」，甚至連原任「太史令」的司馬談也會被忽略。就不免有些喧賓奪主了。

閒話「司馬相如上書諫獵」

司馬相如，字長卿，四川成都人，生於漢文帝初年，少時好讀書、擊劍，景帝時，他那揚溢的文才，在當時文壇，已經顯露頭角，只是景帝不好辭賦，恰巧梁孝王在東苑，招集四方文士，待以上賓禮，相如欣然前往，有名的「子虛賦」，便是在梁孝王那兒作客時，假託楚使子虛使齊，與烏有先生的對話，極寫諸侯狩獵苑囿之盛。何義門曾經指出，實在是篇詞藻瑰麗，佈局謹嚴，爐火純青的作品。

漢武帝讀了「子虛賦」，十分讚歎的說，恨不能與此人同時，侍立在身旁，負責管理宮中犬隻的官員楊得意，正好也是四川人，接口奏道，臣同鄉司馬相如，曾經說做過這篇賦，皇上甚爲驚喜，卽召相如來詢問，相如便又再補充地說道，這是描述諸侯間事情的著述，殊不足觀。請爲君王另寫，於是把子虛賦，以及另外一篇上林賦，合併改寫而成「游獵賦」。武帝看了，大爲高興，便拜相如爲郎官。

另外一種說法，上林賦是相如朝謁武帝後的屬筆。當場面呈皇上的，爲了天子喜愛子虛賦，又將它加以修改，一併上呈。因此，今天我們所看到的子虛賦，乃是經過更改後的修正篇。已非原稿了！

游獵賦記敍了武帝狩獵遊樂的苑囿——上林苑的聲色靡麗和環境清新，以及天子狩獵的盛況，縱橫鋪陳，極盡誇張粉飾的能事。最後歸結到「節儉」，是用諷諫的方式，勸說天子能夠節用愛民。這種寓諷於詞賦，不着痕跡。武帝非常賞識，欣然接受，不但不以爲忤，反而封他做了郎官。

後來，相如隨武帝在長楊宮附近打獵，上皇喜歡自擊狗熊和野豬，相如以爲太危險，不是萬乘之尊的皇帝適宜的消遣，上書諫阻，本篇便是爲此而作，由於出言委婉，首寫猝然遇獸之驚駭，次寫出其不意的危險，反覆申明，畏態悚然，而不涉偏激說教。武帝深受感動。正如俗語說：「好話人人會說，巧妙不同。」一句話說得人笑，一句話說得人跳，運用之妙，存乎一心，相如可謂深得其中奧妙。

後來，武帝命唐蒙，徵巴蜀一帶民伕開闢通道，打通到夜郎等西南夷族的交通要徑，唐蒙一味高壓，老百姓受不了，激起了民變。武帝因相如既是四川人，和那些亂民有同鄉的情誼，拜他做中郎將，到巴蜀曉諭安民，相如不但完成了使命，揚眉吐氣，使得鄉里間都知道他的大名，不過樹大招風，却同時受到嫉忌和中傷，受到朝廷的處罰，因此免官，後來事情弄清楚，才恢復了原官，再拜孝父園令。相如素有糖尿病，時時發作，又受到這樣的打擊，便稱病，居家茂陵，終老於家，在武帝元狩六年死去，享年六十餘。

其實，最膾炙人口，大家都耳熟能詳的，莫如司馬相如和卓文君的傳奇結合，以及卓王孫對相如的前「倨傲」、中「無奈」、和後「恭謹」了。願在此，順便一提，以助笑談。

自從梁孝王去世，相如失了靠山，歸返成都故里。貧乏不能自存，乃往臨邛，訪縣令王吉，王是相如的知交，特別招待他住在縣府的賓館都亭，又引薦當地富豪卓王孫、程鄭等人，和他結識，卓、程等人，久慕相如才名，特備豐盛的酒席，託王縣令專誠邀迎相如，待以貴賓之禮，席便設在卓王孫家裡，陪宴的賓客竟有百位之多。

卓王孫的次女文君，年才十七歲，才貌雙全，因爲出嫁後死了丈夫，返回到娘家小住，這位眉如遠山，眼如秋水，肌如滑脂，面如芙蓉的北國佳麗，生性風流放誕，又雅好音律，聽說臨邛令堅邀相如鼓琴，以娛嘉賓，藉以報答鄉紳們對相如的雅愛，文君站在屏風後而偷偷的欣賞，早爲相如知曉，便用琴音來挑她，鼓出了聞名的「鳳求凰」曲，歌詞却產生了兩種說法，一說是詞有兩首：

(一)

鳳兮鳳兮歸故鄉，遨遊四海求其凰。
時未遇兮無所將，何悟今夕升斯堂。
有艷淑女在閨房，室邇人遐毒我腸。
何緣交頸爲鴛鴦，胡頡頏兮共翺翔。

(二)

鳳兮鳳兮從我棲，得享孳尾永爲妃。
交情通體必和諧，中夜相從知者誰。
雙翼俱起翻高飛，無感我思使余悲。

另一說是，詞僅一首：

有美人兮，見之不忘。一日不見兮，思之如狂。
張弦代語兮，欲訴衷腸。無奈佳人兮，不在東墻。
鳳飛翩翩兮，四海求凰。何時見許兮，慰我徬徨。
願言配德兮，携手相將。不得于飛兮，使我淪亡。

二說中，或者是一眞一假，或者都是後人僞託，限於篇幅，不在這兒做辨正。

文君聽到琴音，又看到他雍容閑雅的風度，早已心許，禁不起相如又重賜文君侍婢的賞賜，通殷勤，這才造成了文君的夜半私奔。

相如帶着文君，回到成都，家徒四壁。卓王孫惱怒文君沾辱了門風，揚言說：「女不材，我不忍殺，一文錢不分也。」文君平日錦衣玉食，那裡受過衣食無着的煎迫，便和相如商議，仍舊回到臨邛，就是向親友們借貸，也可以生活得平平易易的，勝似在成都挨餓受苦。既到臨邛，有人替他們出個歪主意，勸相如出售車輛馬匹，租個店面開小飯店，出售酒菜。由文君親自在爐火邊照料，相如身穿類似現在工裝的犢鼻褲，和傭人、酒保們一齊工作，洗滌盤碗。臨邛人聽到有此怪招，紛紛來看熱鬧，飯店生意鼎盛，門庭如市，四面八方的都在當作新聞傳播。卓王孫認爲大失顏面，躲在家中不肯出來，經過親友及王縣令等人的說好說歹居間撮合，爲了息事寧人。不得已，卓王孫才勉強允許分給僮僕百人，錢百萬，及嫁時衣物。文君有了這些財產儼然成爲富家，才和相如，偕返成都。

後來相如奉武帝的命令，以中郎將特使的身份，代表皇帝返回巴蜀安撫百姓，蜀太守以下都在郊外恭迎，縣令負責沿途警戒，鄉人深以相如爲榮耀。於是卓文孫及臨邛諸公，都和相如的隨從們打交道，紛紛獻牛酒，請他們吃飯來巴結。卓王孫反而又怨女兒嫁司馬長卿太晚了。不但欣賞女兒的有眼識，更厚分給她家財，與兄弟們相等。錦上又再添花。可以想見當時相如及文君伉儷的躊躇滿志。信筆到此，不禁爲文人的有此遭遇，浮一大白。

蘇秦曾經歎息的說：「貧則父母不以爲子，富則親戚畏懼，人生世上，勢位富厚，蓋可忽乎哉。」確實是不易之論。

閒話「李陵答蘇武書」

李陵，自小生長在一個世代爲將的大家庭裡，他的祖父，便是歷史上有名的「飛將軍」李廣。

李廣有三個兒子，當戶、椒、敢，當戶是長子，也就是李陵的父親，擔任過郎官，據說有一次，韓嫣陪漢武帝遊戲時，不免在態度上，稍微有些不恭謹，受到當戶的責打，嚇得韓嫣趕緊逃走，這種守正不阿的舉措，深得武帝的激賞。次子椒，做過代郡太守，兄弟倆都死得很早，惟有第三子敢，曾隨標騎將軍出擊過匈奴左賢王，建立奇功，賜爵關內侯，食邑二百戶，同時，也承襲了他父親中郎令的官職，祇因後來他想刺殺衞青，未成，被霍去病乘他隨武帝在甘泉宮行獵的時候，藉故射死。

原來，在元狩四年，衞青、霍去病奉命出征匈奴，李廣請求同行，武帝因他年事已高，沒有答應，經不起一再請命，才派爲前將軍。大軍既到塞外，探得匈奴單于的所在，衞青要自行立功，率精兵去追擊，所以放李廣在右翼，要他迂廻進攻，李廣不服，爭辯說，旣爲前鋒，願和單于拚死一戰，何必又要我改在右翼擔任側擊呢？衞青不准，李廣只好忿然東行，仍舊希望抄近路，爭取先機，不幸迷失道途，等到與大軍會師時，衞青早已擊潰匈奴，李廣不但無寸功，反而因迷途誤機，受到長吏的苛責，氣憤難平，仰天長歎道，我從小與匈奴交鋒，大小七十餘戰，好不容易能與單于面對，大將軍又將我調開，使我迷失道途，我年已六十，還要和刀筆之吏爭短長？難道這便都是天意麼？說罷自刎而亡。

李廣的自殺，旣是受衞青的直接影響，自然他的兒子「敢」，想利用機會來殺衞青替父報仇。因此才會被霍去病暗中刺殺，然而，衞青被敢射傷時，他並沒有採取報復，甚至沒有聲張。霍去病氣量比較偏狹，替他出頭，這才使敢遭遇到不幸。

李陵是當戶的遺腹子，字少卿，善於騎射，爲人忠誠果敢，武帝認爲他有乃祖的風範，要他領八百騎，到延海一帶，勘察地形，探聽虛實。居然沒有碰到敵人，安然返回，因此拜他爲騎都尉，率勇士五千，駐守酒泉張掖，防禦胡人的入侵。天漢二年，李廣利出擊匈奴右賢王，派李陵管後勤。李陵說，我的部屬，都是荊楚一帶的勇士，能攻堅破利，擔任後勤，未免大才小用。武帝反問他有什麼構想，李陵奏道，臣願以寡擊衆，請准給我步兵五千，突擊單于。武帝很賞識他的勇氣，欣然應允。九月初，出居延，行軍一個月，到達浚稽山。便是在今之蒙古喀爾喀境內。

和匈奴騎兵三萬，發生遭遇戰，單于親臨指揮，李陵用大軍，連結爲陣，將全軍分爲兩半，內圍的人用弓箭，堅守陣地，外圍的人，由陵親自率領，用長戟和盾進行游擊。等到匈奴大軍，逼進陣地時，內外夾攻，敵人應弦而倒，死傷枕藉，不支潰退。李陵引兵追擊，大獲全勝。後來單于捲土重來，調騎兵八萬，專向李陵進攻，衆寡過份懸殊，李陵只好且戰且走，數日後，避入一個山谷中，稍事休息，重傷的隨軍乘車，傷勢不輕的擔任後勤，輕傷的，仍舊參加戰鬥，使全軍依然保持着戰力和機動。後來部隊進入了一個沼澤叢林，單于利用地形，乘勢縱火，李陵却不慌不忙，將部隊轉向，也在上風縱火，使匈奴分不清敵我，停止了縱火攻擊。出得叢林來，又發生遭遇戰，殺傷匈奴兵丁二、三千人，單于深服李陵的智勇雙全，準備回師，恰巧，這時李陵部屬中的一名軍侯，名叫管敢，因受校尉的苛責，心有不甘，便向匈奴投降，將李陵的詳情，一五一十的向敵方報告。單于知道漢兵無援，大都受傷，目前能作戰的，僅剩數百人，箭也快用完了，這才恢復了意念，重整旗鼓，全力圍攻。因此，李陵才遭遇到被俘的命運。

武帝希望李陵戰死沙場，保全聲威，聽說投降單于，大爲震怒，司馬遷雖一再的替李陵申辯，不但沒有得到武帝的諒解，反而受到遷怒，處宮刑。尤其使武帝大爲光火的，又傳說李陵在教授匈奴兵丁戰陣之術。於是武帝又更進一步的斬殺李陵母親、妻子作爲報復。其實教匈奴陣戰的是李緒，並不是李陵，爲了這一誤傳，使得陵的母妻受戮，全家遭難，這才堅定了陵留胡不返的決心。

李陵不但是位卓越的勇將，也是位傑出的文人，他和蘇武，有很深的交誼，所以，當他受到如此重大的委屈時，只好向蘇武訴說，來表明心跡了！

本篇曾爲「昭明太子文選」所收錄，可以間接的說明，它在文學上的價值。在漢書中，也載有一首蘇武返國時，李陵贈他的別歌，原詞是：

經萬里兮度沙幕，爲君將兮曲匈奴。
路窮絕兮矢刄摧，士衆滅兮名已隤，
老母已死，雖報恩，將安歸？

其實，這首「別歌」，也正是「答蘇武書」的簡述。依據「隋書經籍志」的說法，有「漢騎都尉李陵集」二卷傳世，可惜現在已經失傳。不然，也許可以讓我們對李陵有更進一步的了解。

最後，談談這篇作品的眞實性，據說，蘇東坡曾經批評這是齊梁小兒的僞作，我們無從找出當時蘇說的解釋，不過，却也有人明白指摘蘇東坡此說的「大言欺人」，可見蘇說的理由，並不充份，何況漢朝與宋朝，相隔久遠，考據困難，遽下定論，更未必可信。

史記、李將軍列傳第四十九，本是李廣的列傳，傳末，附有李陵的敍述是：

李陵既壯，選爲建章監，監諸騎。善射，愛士卒。天子以爲李氏世將，而使將八百騎。嘗深入匈奴二千餘里，過居延視地形，無所見虜而還。拜爲騎都尉，將丹陽楚人五千人，敎射酒泉、張掖以屯衞胡。

數歲，天漢二年秋，貳師將軍李廣利將三萬騎擊匈奴右賢王於祁連天山，而使陵將其射士步兵五千人，出居陵北可千餘里，欲以分匈奴兵，毋令專走貳師也。陵既至期還，而單于以兵八萬圍擊陵軍。陵軍五千人，兵矢既盡，士死者過半，而所殺傷匈奴亦萬餘人。且引且戰，連鬥八日，還未到居延百餘里，匈奴遮狹絕道，陵食乏而救兵不到，虜急擊招降陵。陵曰「無面目報陛下。」遂降匈奴。其兵盡沒，餘亡散得歸漢者四百餘人。

單于既得陵，素聞其家聲，及戰又壯，乃以其女妻陵而貴之。漢聞，族陵母妻子。自是之後，李氏名敗，而隴西之士居門下者皆用爲恥焉。

由於李陵與司馬遷同時，又相友善。也許，上面的這段敍述，是李陵降匈奴事最平允的史籍記載。

然而，司馬遷的受腐刑，正因此事引起，心中的憤激不言可喻。李將軍列傳，名爲替李廣列傳，從「天子以爲李氏世將」句可以臆測到，本篇却是李廣及李陵的合傳，李陵傳「具體而微」，免得再觸怒朝廷，如不細加玩味，是不容易察覺出來的。

李將軍列傳的最後，太史公引用左傳：「其身正，不令而行；其身不正，雖令不從。」來比喻李將軍，又用諺語：「桃李不言，下自成蹊。」來以小喻大，表面上是贊頌李廣，其實，又何嘗不是爲李陵的受害，發出來的心聲。

閒話「楊惲報孫會宗書」

楊惲是西漢時的華陰人，字子幼，父親敞，做過丞相，母親是太史公司馬遷的女兒，他既是宰相之子，又是太史公的外孫，家學淵源，天資聰穎，從小便以才能見稱。所接交的，多是當時俊彥，年青時便擔任郎官，名顯朝廷，不過惲的個性刻害，好發人陰私，霍氏謀反他密奏宣宗，霍氏伏誅後，遷升爲中郎將，封平通侯。由於他的少年得志，心高氣傲，常目中無人，雖已顯貴，仍舊要發牢騷，指摘時弊及朝政得失，語多尖刻而諷刺，不免遭人嫉忌。例如有次路過一幅壁畫前，指着畫中的桀、紂像說，如果當今天子，能夠到此詳加品評，也許可以作爲殷鑑。他不引用畫中的堯舜禹湯來比說朝廷，專挑壞的比，可見其狂傲。又有一次，聽到匈奴的單于被殺，他便大發議論的說，這是「親小人，遠賢臣。」的下場，死不足惜。如果秦始皇不聽信李斯和趙高的胡作非爲，擾亂朝政，說不定今天還是秦朝的天下，何至於國亡君喪，可惜古今同悲，眞是一丘之貉啊！無異在指桑罵槐。久而久之，膽子越來越大，牢騷也越發越火，當天氣久旱不雨時，他又發謬論說，這是臣下想謀害皇上的預兆，大概皇上沒命再去到河東，祭后土祠了。被一向不滿楊惲行爲的太僕戴長樂告訐，於是下廷尉案問治罪。經查屬實，指楊惲「大逆不道」，按律是要處斬的。何況宣帝雅好申不害、韓非子的著作，對法學及倫理學有所偏愛，喜歡用法理來治事。在一般的預料中，楊惲鐵案如山，難逃一死，然而，出人意表的，宣宗還是本其慈仁愛人的天性，憫念他外祖太史公的遭遇，和父親楊敞宰相功績，以及擧發揮霍氏謀反之功勞，僅詔免爲平民百姓沒有再加罪。像這樣的死裡逃生，是千萬僥倖的。受了這麼大的刺激，就應當痛自悔改才是，然而，他却毫不在乎，不但「我行我素」，一味胡鬧，反而自認爲旣不必勞心於國事，索興大治產業，廣建屋宇，邀宴賓客，大張旗鼓。他的一位好友，安定太守孫會宗，是位有見地的良師益友，見他如此飛揚跋扈，看不順眼，便寫信規戒，認爲大臣廢退，應當闔門隱匿，惶懼爲可憐狀，豈可交友治產，趾高氣昂，一切毫不在乎，希望能閉門思過，痛矯前失，免得再惹麻煩。楊惲接到這封信，不但不感激，有所規勸。反脣相譏，覺得自己已被廢爲庶人，連過這種起碼的安樂生活，都要受到限制，還要受別人批評、責備，分明在打落水狗，說風涼話。乾脆回了孫會宗一封信，把孫的規勸，駁了回去。本篇便是如此這般寫出來的。

篇中，我們不難看出，楊惲對孫會宗的極盡喜怒笑罵之能事，不但目空一切，振振有詞，驕昂之氣，溢於儀表，書中有一首詩，前四句是：「田彼南山，蕪穢不治，種一頃豆，落而爲萁。」諷喻朝廷的荒亂，又譏賢人的盡受放逐，可謂一概抹煞，大言不慚。不知選輯古文觀止的此公，於如許衆多的西漢文中，獨垂青本篇，甚至被人評爲：「外祖太史公司馬遷答任安書風致，辭氣怨激，才氣縱横。」實在令人費解。或謂：「取法手上，得乎中。」不知本篇的選入，要求讀者學些什麼？難不成人人都要學他的發牢騷和怨激麼？

孫會宗的不幸而言中，後來因爲日蝕，有人又乘機再舉發楊惲的驕奢，不能悔過，產生了「天怒」造成日食，再下廷尉案問。查抄出這封書信來。宣帝看到信中的詩句，勃然大怒，這才判他「大逆不道」，腰斬處死。妻子被流徙酒泉郡去。楊惲的子孫，也爲了避仇，改姓爲「惲」。大凡楊惲過去交好的友朋，一概受到撤職處分。孫會宗也在免官之列，眞是無妄之災。可見交友不愼，易啓釁端，這便是一個明確的例證。

談到「文字獄」，往往使人連帶想起明太祖朱元璋的無知，能因一字之差，斷送人性命，清順治、康熙、乾隆的狠毒，爲了消除民族意識，大興獄訟，其實，本篇才是文字獄的始作俑者啦！

閒話「馬援戒兄子嚴敦書」

實際上，本篇是從東漢書馬援傳中摘錄出來的。馬援，號文淵，扶風郡茂陵縣人，在戰國時代，他的祖父趙奢在趙國做大將軍，號稱馬服君，所以後世子孫，就用「馬」做姓，漢武帝時，在茂陵擔任縣官，這才將家從邯鄲搬到茂陵。在那兒落籍，曾祖馬通，積功封重合侯，本是仕宦之家，祇因叔曾祖馬何羅，和江充友好，江充反叛，何羅受到牽連因而被殺，所以馬援的上兩代，都沒有官職。馬援兄弟四人：況、余、員、援。他是老么，年紀最小，三位哥哥，在王莽時代，都有着二千石的官祿，十二歲時，死了父親，依靠兄嫂過活，大兄馬況，對他的影響最大，小時，兄長們要他好好的讀書，他却不肯聽話，想到邊郡去畜牧墾荒。長兄況便對他說：「從我冷眼旁觀，發覺你却是大才，成功可能是稍爲遲了一點。好匠人是不肯把沒有琱琢過的玉石原石，讓人家看的。現在姑且聽由你揀喜歡的事去做吧。」於是馬援才能興沖沖的僱用和帶領朋友，到隴西漢中一帶墾牧，他曾對同夥的友人，說出過這樣的心願：「大丈夫立志，應本着，窮了要格外堅定，老了要格外壯盛的心情，不顧一切的勇往直前。」綜觀他的一生的確做到了這一點。因此，當他官拜太中大夫的時候，友人紛紛前來祝賀，以爲他從此可以安富尊榮，坐享俸祿。他卻進一步的駁斥這種苟安的心理說：「現在匈奴、烏桓，還在北方的邊境滋擾，那裡能談得上坐享俸祿，男兒要當死在邊境的荒野，爲掃除賊寇而竭力，不幸戰死，用馬皮將尸首包裹回來安葬，如此而已！」像這種悲壯，激昂慷慨的豪語，怎能不使人感佩呢！這也便是「馬革裹尸」的典出處。

然而，有一點是必須澄清的，馬援的這些作爲、豪宕，都是從正義和嚴肅，作爲出發點的，沒有一點「胡作非爲」、「任性」、「恃強」的成份在內。因此，當他聽說兄長的兩位子嗣，行爲稍稍越軌，甚至要拿他的年少時候，來作爲標榜時，使他無法保持緘默，不能不愷切說明，是非的分野，僅僅是在有意之間的一念之差，用他親歷的遭逢，來現身說法，糾正兩位姪兒的偏失。至情至理，使人讀了，會不期然的，由衷的敬服。稱得上是篇少年人立身行事的當頭棒喝。

回過頭來，再看看馬氏的家族，自從馬何羅的被殺，二代沒有服官，以至漢代以後的時局多變故，似乎已漸漸的趨向于「守分安命」保守的局面，因此在馬援心中，產生了另一份感受，認爲自己身爲此一家族中的顯赫，有義務爲兄長們的訓戒意願。找尋適當闡述的機會。這也許是他循循告誡姪兒們的理由。

他的堂弟馬少游，爲了擔心馬援的慷慨多大志，恐有挫失。也愷切的進言說：「人生在世上，只要衣食足夠，不必再求取過份的富有，只要有小車可乘，不必再追求豪華大車，有馬可騎，何必一定要駿馬，做個郡中的僚屬，靠着它保守祖先的墳墓，在鄉里中做個善人便夠了。如果一定要求盈餘更舒服，只是自討苦吃而已！」

雖然說，上面這些消極的意識，不應當受到鼓勵。由於社會形態的過份複雜，所產生對青年人的誘惑，和不正當設想的存在，往往形成了贅瘰。馬援的告誡，並非無矢放的，深深値得我們警惕。

閒話「諸葛亮前出師表」

根據蜀志的記載，後主建興三年，丞相諸葛亮，利用曹丕去世，魏主新喪的時機，春三月舉兵南征，蕩平四郡，改益州郡爲建寧郡，分建寧、永昌郡爲雲南郡、又分建寧、牂牁爲興古郡，十二月才回到成都，養兵休卒。建興四年，曹叡登位，是爲魏明帝，諸葛丞相，又利用魏主新立，在建興五年春，屯兵漢中，揮師北伐，以圖中原，臨發，一面代後主草詔，昭告天下。希望魏地有識之士，能棄邪從正，簞食壺漿，以迎王師。先展開「心理作戰」。並上此疏於後主，希望他能親賢臣、遠小人，開張聖聽，以咨諏審納收，疏中十三次提到先主劉備，至懃至懇，至忠至誠，至理至情，所以能千古流傳，實在是篇難得一見的奏表。

諸葛亮，複姓諸葛，名亮，字孔明，原籍山東諸城，生在漢靈帝光和四年，父名珪，做過泰山郡丞，雙親死得很早，他是跟隨做過豫章太守的叔父諸葛玄長大。叔父去世以後，諸葛亮便帶領弟弟諸葛均，在南陽附近的隆中，也便是今之湖北襄陽鄉下的一座山邊，蓋了三間茅屋，買了幾畝田地，躬耕爲食，讀書進修，過着淡泊寧靜的生活。

當時，正是中原大亂，有識之士，如徐元直、石廣元、孟公威等人，都紛紛逃到荊州一帶避難，自然而然的，便和隱居在隆中的諸葛亮，成了道義和文字交，不過彼此在讀書的方法上，却有着很大差異，徐元直等人，主張精讀，使智識領域，無法拓展，諸葛亮則主張粗讀，擷取書中精華揣摩，在效益上自然是豐碩得多了！

建安十二年，劉備得到徐庶的推薦，親往隆中拜訪諸葛亮，接連去了三趟，才能找到。縱談天下事，根據他的看法，判定未來的局面，是鼎足三分。此一見解，使得劉備十分欣佩，堅請孔明出山協助。這便是歷史上稱做「隆中對策」的由來，孔明感激劉備的熱忱，答應他相邀出山，這時他才二十七歲。

等到「赤壁一戰」，曹操的八十三萬人馬，被蜀、吳聯軍，殺得大敗，全軍覆沒。劉備乘勝收復江南失地，並且攻佔了武陵、長沙、桂陽、零陵等四郡；孫權也奪回不少地盤，從此，魏、蜀、吳，三國鼎立狀態，才正式形成。這一勢態，繼續維持到曹操死後，除了小型爭奪以外，沒有什麼巨大的變化。

劉備死後，傳位給阿斗劉禪，根據劉備臨終遺言，要劉禪父事丞相，一切聽從丞相的教導，這樣，才使得孔明排除了顧慮，有機會展露他的抱負及長才。在他的苦心孤詣、孜孜不息的經營下，使得國內政治清明，人民富足，然而益州南部的夷人，却在伺機蠢動，威脅蜀漢的生存。爲了一勞永逸，孔明才在建興三年，出兵南征，本「擒賊先擒王」的策略，在雲南西北部，找到南夷中的「強人」孟獲，經過好多次的交鋒，將他七擒七縱，輸誠立威，使孟獲由衷的悅服，情愿歸順，解除了邊患，休兵養卒，過了一年，正當魏文帝曹丕去世，明帝曹叡繼位不久，政情尚未穩定的時候，孔明親率十萬大軍，出祁山，揮師北伐。本篇便是他出師臨行以前，向後主奏事的表章。

後主劉禪的庸魯，劉備是十分清楚的，所以臨終前，才特別要他父事丞相，一切聽命，劉禪也確實不夠材料，專好與小人共處，凡是對他正言規諫的大臣，都避而遠之，諸葛亮既要出征，又有內顧之憂，不得不愷切的勸說，請他親賢臣，遠小人。不惜抬出先主的大帽子來鎮壓，使他親賢臣這番忠心耿耿的赤忱，在表中充份的顯示了出來，連後世讀到本篇的人，都深深受到感染。然而，令人惶惑的是，它在後主身上，又產生了些什麼作用呢？

衡量當時出師的聲威，勢如破竹，漢陽、隴西、安定諸郡，爭城魏將，都不戰而降，京師震恐，明帝親率五萬步騎，御駕親征，如果不是馬謖這個庸才豎子，輕敵自滿，失去了街亭，坐誤戎機，說不定諸葛亮會一鼓作氣，攻入魏國核心。歷史也許早已改寫。正如篇中所說：「凡事如是，難可逆料。」實在是至理名言。

關於後主，流傳下來的逸事、笑話，實在不少，最膾炙人口的，自然是「樂不思蜀」這個典實，帶給後人多少的凄愴感慨。其實，就連他的身世，以及幼年的遭遇，也有着不同的說法，甚至正史上也承認，無法肯定，却是少有的現象。現在不妨依據正史記載，將原文抄錄如次：

『魏略曰：「初備在小沛，不意曹公猝至，遑遽棄家屬，後奔荆州，禪時年數歲，竄匿，隨人西入漢中，爲人所賣。及建安十六年，關中破亂，扶風人劉括，避亂入漢中，買得禪，問知其良家子，遂養爲子，與娶婦生一子，初禪與備相失時，，識其父字玄德，比舍人有姓簡者，及備得益州而簡爲將軍，備遣簡到漢中，舍都邸。禪乃詣簡，簡相檢訊，事皆符驗。簡喜，以語張魯，魯乃爲洗沐送詣益州，備乃立以爲太子，初備以諸葛亮爲太子太傅，及禪立，以亮爲丞相，委以諸事，謂亮曰：政由葛氏，祭則寡人。亮亦以禪未閑於政，遂總內外。」

趙雲傳曰：「雲身抱弱子以免」，卽後主也，如此，備與禪未嘗相失也。

諸書記及諸葛亮集，亮亦不爲太子太傅。』

雖然，正史指出魏略所說的不對，但却又一字不遺照錄，想亦事出有因耳！

閒話「諸葛亮後出師表」

本篇稱爲「後」出師表，已經明白指出，是前出師表的持續，應當沒有疑義，然而，前出師表載在三國志，並有按語說：「建興三年，曹丕殂，明年，曹叡立，五年，丞相亮帥諸軍北伐魏，乃上表。」本篇後出師表三國志中却未列入，照漢晉春秋所說：「諸葛亮聞孫叔破曹休，魏兵東下，關中虛弱，十一月上言云云，於是有散關之役。」祇說明有再出師的行動，沒有提到上表的事，倒是蜀志本傳，裴松之的注釋談到，出於張儼當時默記。不過，諸葛亮一生謹愼，如此出師奏表，重要文件，沒有底稿，有賴張儼默記而留傳，就匪夷所思了。退一步來說，難道武侯成此表章，連草稿也沒有打，便自行一氣呵成，當然是不可能的，既然屬稿，經過刪修，然後交人繕呈，那得無底稿。因此，後世多疑此表是旁人僞託武侯所作，確有若干的可疑處，所恃的理由是：

一、三國志是正史，僅載前出師表，未見本篇，且前後出師，相隔僅一年，斷不會有疏漏之虞。

二、武侯一生，行事恭謹，如此重大文件，自不留稿，必賴張儼默記而傳，事有可疑。稱係張儼默記，便可不需追尋武侯原稿，不無假託之嫌。

三、武侯再出師，是在建興六年十一月，三國志中趙雲傳稱雲逝於建興七年，死在再出師之後，本篇中却一逕說出：「……然喪趙雲、傷群、馬玉、閻芝、丁立、白壽、劉郃、鄧銅等……」第一個指趙雲已死。與事實不符，武侯雖再糊塗，也不會荒唐到尚未出師，先咒大將已死的道理。明白寫在表章上，就更不近情理了。

四、武侯領軍討賊，意氣如虹，表中也說：「今賊適疲於西，又務於東。」明白指出後主五年，武侯攻祁山，南安、天水、安定三郡，皆叛魏降蜀，關中振動，而曹休與陸遜，對壘於石亭，魏軍又大敗。面對如此有機可乘之攻勢，表中却先說出：「……固知臣伐賊，才弱敵強也。然不伐賊，王業亦亡，惟坐而待亡，孰與伐之。」不但前後自相矛盾，打自己的嘴巴，何況出師總得圖個吉利先要振奮民心，鼓勵士氣，那有自家拆台的道理，武侯精通軍事，豈有連這一點「心理作戰」都不知道，還要形諸筆墨。

五、陳壽評論諸葛亮，曾經特別指出，「以逸道使民，雖勞不怨。」充分說明了武侯的大公無私，勞逸均等，雖勞而人不怨。又何來篇中：「……今民窮兵疲，而事不可息。」的哀怨之音。

不過，就事論事，本篇確實有感人之處，先世放翁詩句：「出師一表眞名士，千載誰堪伯仲間。」蘇東坡也說：「出師二表，簡而且盡，直而不肆，非秦漢而不以事君爲悅者所能至。」傳有人指出：「讀出師表而不痛哭者，其人不忠。」雖說得有點過份，但是能享有如此盛譽的文章，畢竟也還不多啊！

也許，由於這篇文章的內涵豐富，說理明暢，事證昭然，而辭意的忠烈，正可以和武侯的功業，互相輝映，所以後人寧可相信是武侯的著作，便不敢再做翻案文章了。

後主雖然昏庸，但對武侯的措施，還是十分聽信不會出現相反的意旨，當時雖有人以伐魏爲疑，但亦止於私下議論而已，從無人敢直接提出。武侯有此表指出，不可藉以阻塞大臣的「不負責任言論」，確能制止苟安的設想。等到武侯去世，蜀事日非，守、戰的兩方面意見，才正式展開了激烈的爭執，也許這便是主戰的一派，假託武侯再出師時，曾有表檢討和戰的得失，拿出來作爲標榜。排斥主和不當，恃着武侯的大牌，使得沒有人敢於反駁，可能因此才產生了「後出師表」的擬作，也未可知！而上面所指出的五項疑點，也可以自圓其說，有了明白的交待和印證。

閒話「陳情表」

「表」是公文程式的一種，專爲臣下對上奏事而設，本篇是李密爲了無法接受朝廷的徵召，向晉武帝司馬炎，陳述理由的報告，正如「出師表」，是諸葛亮在揮師北伐前，向後主的奏事，情形是一樣的。

李密，字令伯，又名虔，父親早死，母親何氏又改了嫁，當時他還在吃奶的時期，一旦失去母愛，自然痛苦萬狀，終日號哭，因而成疾。甚至九歲還不能走路，虧得祖母劉氏，用米湯稀飯，盡心撫養，才使他在苦難中，漸漸的成長起來。因此他們祖孫間的關係，就非比尋常了。祖母生病，他侍立一旁，十分憂傷，總是和衣而臥，以備召喚。祖母的飲食湯藥，必先試過冷熱適口，才送請服用，可算是眞正做到了無微不至。深受鄉里的推重，都知道他是位大孝子。晉武帝聽說他的品德修養，如此高拔，徵召他去侍候皇太子，藉此可以替太子樹立榜樣，有所薰陶，使太子今後能做一個孝悌忠信的傳人。可是他的祖母病老，已屆九六高齡，無人奉侍，一旦離家，遠去洛陽服官，豈不使祖母冷落。然而地方官是奉皇命徵召，不由他推辭，事出兩難，祇有上表，親向武帝懇求一途了！

李密是一位苦讀成功的學者，平常奉侍祖母，稍有閒暇，便講學讀書，從不怠忽，他拜太史譙周爲師，不但譙周賞識，連同學窗友，沒有一個不敬佩他的。這篇陳情表，由於他歷述親身的際遇，更是至情至切；其中的警句，如：

……臣無祖母，無以至今日；祖母無臣，無以終餘年。

……臣密今年四十有四，祖母劉今年九十有六，是臣盡節於陛下之日長，報劉之日短也。

可謂哀怨動人，且敍事堂正，詞意樸拙。便是我們在今日讀到本篇，也會受到感染的！無怪武帝看完表章，不禁深受感動的嘆息說，李密不愧能享盛譽，實在是個篤誠的君子。立刻批准了他的請求；延期就職。並賜給劉氏，奴婢二人，還要郡縣供應劉氏的日用食膳。讓他盡心的服侍祖母。

李密也是一位具有辯才的外交家，當他在蜀漢後主朝代，擔任尙書郎時，數度出使東吳，與吳主汎論道義，吳主說，爲人子，么兒最受寵愛。李密却說，最好做長兄，因爲供養父母的時間較長。至情純篤，大受吳人的稱贊。後來，李密入晉朝爲官，司空張華，瞧他不起，因他是蜀漢降臣，居然憑藉一篇陳情表，能使晉主垂青，十分嫉忌。恰巧蜀漢後主劉禪，降晉後封爲安樂公，也搬在洛陽居住。一天，張華藉故問李密，遇見安樂公沒有？他的聲望如何？這是一個十分棘手的問題，說他不好，未免忘恩，說他好，豈不犯了晉室大忌。李密却泰然的回答說，最近未見到安樂公，至於他的聲名，大約和齊桓公不相上下。齊桓公本是位有才識，有抱負的諸侯盟主，李密用來比擬劉禪，自屬誇大，頗使張華吃了一驚。但李密却說：齊桓公得管仲而稱霸諸侯，用豎刁才弄得朝政日非。安樂公得諸葛亮，使魏國畏懼，用黃皓才至於亡國，可見他倆的際遇相同。不卑不亢，着實幽了張華一默，因為晉國的天下，原就是篡魏而來的。張華語塞，也不得不佩服李密的機智和辯才。

劉氏去世後，李密入晉朝，擔任太子洗馬的官職，後來又調為尙書郎，外放河內溫縣縣令，遷升到漢中太守。當時李密自以為才高，又久負盛名，忖度會在京師任官，那知大出意料，反而要他擔任漢中太守，回到蜀漢原有的疆土上做官。不免怨尤，才有「朝裡無人莫做官」之嘆，出現在他的詩言中：

人亦有言，有因有緣。
官無中人，不如歸田。
明明在上，斯語豈然。

和友人通信時，也說：

「慶父不死，魯難未已。」

一些嫉忌與他不和的人，將這些詩文上呈，武帝見了大怒，馬上免他的官職，廢爲庶人，加以放逐。後來老死於家中。

其實，像李密的遭遇，本是降臣所應得，毫不希奇，戰勝者，往往挾其餘威，指頤虜臣們聽命，故示寬大優遇。一旦俯首聽命以後，則又棄去，不屑一顧。像李密在蜀漢，官拜郎中，任外交官與東吳往還，儼然方面大員。到了晉朝，僅授爲太子洗馬，調任尙書郎後，官位才和原來仕蜀時相當，加上遷任漢中太守，正是蜀漢舊土。殘破荒涼，無復當時光景，以一個白髮衰頹的亡國虜臣，向故國刼後黎庶，催糧徵賦，無異是精神上的虐待。稍有不平，立刻遭到廢放，棄如敝屣。晉朝的對於李密，是優遇，還是摧殘，就只好讓讀者們自己去體會了。

據說，原文的第三段中，「且臣少事僞朝」句，僞字本爲荒字，即：「且臣少事荒朝」，隱含歎息蜀漢後主的荒於朝政，以致覆亡。措辭的微妙和用心，令人佩服。給晉朝的史官加以竄改。現在是按竄改本照印的，一直沒有改正過來。但是，我們硏究這篇文字，似乎不能忽略這一小掌故，因爲一字之差，上下千里。要細細加以品味，才可辨識得出我國的文字之妙。

談到古文的選讀，有人建議，從情文並茂的角度來品評，應當讀一讀：

一、李密：陳情表

二、韓愈：祭十二郎文

三、諸葛亮：出師表

諸葛的文教「忠」，李密的文教「孝」，韓愈的文教「慈」，皆出自肺腑，至情動人，能不受其感召者，非性情中人。眞是顛撲不破的定論。

閒話「蘭亭集序」

「蘭亭集序」的作者王羲之，是位品德和學識高超的人，又是東晉望族，朝廷曾幾次徵召他做官，都被推辭不就。他雖然對政治沒有興趣，却能憂國憂民，關心國家的前途。晉穆帝永和四年，荆州刺史桓溫，因平蜀有功，封征西大將軍，權傾一時，大有謀反意圖。爲會稽王昱和左光祿大夫蔡謨等輔政大員窺破，便扶植殷浩來與桓溫抗衡，羲之激於義憤，毅然接受了殷浩的禮聘，擔任右軍將軍，並兼會稽內史的官職，這便是後世稱他爲「王右軍」而不名的出處。

他既幫助殷浩治事，首先便勸殷、桓能同心協力，共謀國事，殷浩不但不聽，反而貿然發動北伐，想收復失土，重整山河，這本是件十分有意義的工作，然而，衡量當時的情勢，內憂外患，徒然是輕舉妄動。根本沒有聽從王羲之的勸告，永和八年，許昌戰敗。隔了一年，再度出師，由於羌帥姚襄的倒戈相向，鳳陽之戰，不但一敗塗地，連輜重給養，也被姚襄掠刼一空。國事如此，使他灰心極了，只才寄情山水，做着消極的抗議。

永和九年，三月上巳日，羲之按照習俗，邀約了當時的許多名流，同到浙江紹興西南，二十七里的蘭渚，臨水洗滌宿垢，做爲拔除不祥的「修禊」集會。被邀約參加的，竟有三十五位之多，根據宋濂「蘭亭觴詠圖記」的記載，他們的官閥和姓名是：

散騎常侍郗曇、侍郎謝瑰、中軍參軍孫嗣、參軍孔熾、參軍劉密、行參軍事卬邱旄、行參軍曹茂、楊模、徐豐之、劉豐之、左司馬孫綽、鎮東司馬虞說、鎮國大將軍掾卜廸、司徒左西屬謝萬、郡功曹魏滂、郡五官謝繹、府主簿任凝、后綿、府功曹勞夷、餘杭令謝藤、孫統、張岑令華耆、永興令王彬之、上虞令華茂、山陰令虞谷、陳郡謝安、滎陽桓偉、潁川庾友、庾蘊、瑯 王友、任城呂系、呂本、徐州西平曹華、彭城曹諲、陳郡袁嶠之。

再加上，羲之的七位賢郎，玄之、凝之、渙之、肅之、徽之、操之、獻之，連同主人，一共爲四十三人，正如序中所說，眞是：「群賢畢至，少長咸集。」了！

這次盛會，不但集時彥於一堂，且多有題詠，王羲之、謝萬、孫統、王彬之、王凝之、肅之、徽之、徐豐之、袁嶠之、謝安、王友等十一人，每人四言一首，五言一首，各兩首，郗曇、孫嗣、劉豐之、孫綽、虞說、魏滂、謝繹、華茂、桓偉、庾友、庾蘊、曹華、曹諲、玄之、渙之等十五人，或四言或五言各一首，王獻之、謝瑰、孔熾、劉密、邛邱庬、曹戎、楊模、掾卜廸。任凝、后綿、勞夷、謝藤、華耆、虞谷、呂系、呂本等十六人詩未成篇，各罰酒三觥。羲之乘著微醉，卽時寫成了本篇「蘭亭集序」，留爲永久的紀念。

因爲王羲之是我國最著名的書法家，被尊爲「書聖」，同時，這次蘭亭集會，是他的主張，又能盡興，所以他親筆寫成的這篇序文，遒媚勁健，興會之作，一揮而就，有如神助。寫好以後，連他自己也十分珍惜，以後就成了王府的傳家之寶。子孫相傳，至爲珍惜，直到他的七世孫智永，在山陰永欣寺，削髮爲僧，也就是一般人所稱的「永禪師」，才把這份寶藏帶到寺中，智永死後，又它傳給徒弟辯才，辯才禪師俗家姓袁，是梁司空昂之的玄孫出家，和乃師差不多，不但是望族之後，而且博學多才，琴棋書畫，無一不精。能得到王府的傳家之寶，自然是千萬愛護，把它藏入屋樑檻內，從來也不肯輕易示人。

這份用蠶繭紙，鼠鬚筆寫成的原序，共有二十八行，每行十二字，全文三百二十四個字中，有不少相同的，像「之」字，便有二十個之多，遇到這種情形，多用不同的形態、結構書寫，避免雷同，換句話說，這篇文字，沒有一個相同的字型，甚至，也可以看到廿種「之」字不同的寫法，可見王羲之對寫這幅集序時，所付出的心血代價！後來，他也曾再重複寫過數十份，然而竟沒有一份，能和第一次寫成的相比擬，也許這才是原書集序，受到重視的眞正理由。

這篇集序，稱謂之多，也是少見的，因是先有序文，題目是後來添加，所以異同就特別多了！晉時稱「臨禊序」，唐時稱「蘭亭詩」；在當時都包括了上述諸家的四言、五言詩在內，如果單用這篇文章時，便稱做「蘭亭記」，不過，唐時的文體，以詩爲主，因此這篇文章，往往是隨着四、五言詩篇，以蘭亭詩的姿態出現的宋時稱謂不一，像蘇東坡稱它「蘭亭文」，黃山谷稱它「禊飲序」，蔡君謨稱它「曲水序」，歐陽修稱它「修禊序」，各有各的說法，本篇名「蘭亭集序」，則是宋以後的人，加上去的，並非王羲之命名，因爲在當時，實無命名必要，惟其如此，所以才會產生後來命名上的紛歧錯雜。

唐太宗是位風雅的皇帝，特別酷愛王羲之書法，大力搜求，以帝王之尊，富有四海，搜集起來，自然比較容易，就是沒有見到「蘭亭集序」眞跡，經過查訪，隱約知道，現存辯才處，但無法證實，三次找辯才商量，皆不得要領，又詔辯才來內宮供養，談到眞跡，一問三不知，太宗無奈，只好讓他回去山陰。

皇帝的希望，總是有人能承旨的，後來，房玄齡推薦蕭翼，承擔此項任務。當時蕭翼官拜監察御史，機智多謀，奉旨後，易服改裝成窮書生模樣，薄暮進入永欣寺，仔細觀賞廟廊壁畫，不時挑剔書畫中的疏失，受到辯才的注意，接談之下，知道竟是位飽學之士，惺惺相惜，邀入方丈室拜茶，談古道今，大恨相見之晚。當日便留駐寺中，次日約定後會之期，才黯然離去。從此，蕭翼與辯才，時相過從，成了莫逆。一天，蕭翼拿了兩份王羲之的「蘭亭集序」書卷，至爲愼重的邀辯才一同欣賞，辯才看了笑着說，這雖是右軍眞蹟，並不太好，我有比這更好的右軍傳家之寶。蕭翼問是什麼？囘說是「蘭亭集序」，蕭便佯笑道，幾經亂離，眞跡那來？辯才說是智永先師，圓寂前親手付我寶藏，那還有假。不妨明日來看。明天辯才從樑屋取出時，蕭翼看得仔細，明日，召都督，冠帶至寺中取此眞蹟，辯才恍然大悟，昔日潦倒書生，竟是今天的欽差大臣，監察御史改扮，專爲計取眞跡，奉旨而來。竟傷心得當場昏厥過去。良久才蘇醒。蕭翼拿到眞跡，漏夜返京覆旨，太宗大爲高興，立刻封賞。房玄齡擧薦得人，賞錦綵千段，蕭翼能完成艱巨，擢升員外郎，加賞珍寶數件。至於辯才，本應治欺君重罪，憐他年邁，且此事擧措朝廷亦屬不正，特免究辦，還賜他三千帛，三千穀。辯才便用此財帛，在寺中建造一座精緻的三層寶塔，作爲躬自識悔之用。因爲，僧人是以四大皆空爲本，辯才好勝，才洩漏了眞蹟的機密，自己識悔，也是應該的。

太宗既得眞跡，馬上指定朝中專責書寫的官員，趙模、韓道政、馮承素、葛貞等四人，各搨數本，賞賜皇太子以及諸王親臣。這也是現今出現若干份蘭亭集序的背景。貞觀二十二年，太宗病危，召高宗到御榻前，特別交待，如果能以「蘭亭集序」眞跡陪葬，死也瞑目。因此，眞跡最後確知的歸宿，是陪葬昭陵。雖然，唐末作亂，昭陵爲溫韜所發，許多珍寶書畫復出。因爲，由於溫韜目不識丁一蠢材，見了這些陪葬的書畫，只知道剔取裝軸上的金玉軸頭，反而將書畫捨棄，根本不知道書畫本身的價值，要比軸頭高上千百倍，捨本而逐末。才能使魏晉以來名家墨跡，再度流落到人間。直到宋太宗時，經過又一次的廣事搜求，並且將購募所得，集成十卷，倣唐太宗故事，模傳分賜群臣。也就是一般所說「法帖」的由來。可惜的，就是沒有「蘭亭眞跡」的下落，因此，法帖中沒有列出蘭亭墨跡。經過這一次的購募不著，直到後來，再也沒人聽到過有關蘭亭集序眞蹟的消息和記載，不知亡失到什麼地方去了！

話得說回來，「蘭亭眞蹟」雖然亡失，宋太宗的法帖，爲了忠於事實，不肯苟且，因此未列入蘭亭序。但當時羲之所寫此序，不止一份，再加上唐太宗囑臣下善書者的臨摹，在質與量上，也大有可觀。好事的人，自然不肯讓法帖中未列的蘭亭序，聽其捨棄，於是，又一次的掀起蘭亭石刻潮。趙善政賓退錄，對於此序石刻，有着比較詳盡的介紹，爲了引證方便，現在按原文，抄錄如次：

蘭亭石刻，惟定武者得其眞。蓋唐太宗以眞跡刻之學士院，朱梁徙至汴都，石晉亡，耶律德光輦而歸，德光道死，與輜重俱棄之中山之殺虎林。慶曆中，爲士人李學究所得，韓魏公索之急，李瘞諸地中，而別刻以獻，李死，其子乃出之。宋景文公始買置公帑。熙寧間，薛師正向爲帥，其子紹彭又刻別本留公帑，携古刻歸長安。大觀中，詔取置宣和殿。靖康之變，虜襲以紅氈輦歸。今東南諸刻，無能彷彿者。

其實，趙所說的「唐太宗以眞蹟刻之學士院」，也未必可信。在唐代影印、複印的方法，還沒有發明。唐太宗旣如此重視這份眞蹟，自然不可能用來描摹刻石。宋景濂指出，當時臨摹各家中，以歐陽詢最爲傳神，幾可亂眞，因勒石禁中，便是後來所謂的長安古本。並且又談到師正之子紹彭，潛模勒他石，把古本換回長安，又把再刻石中「湍流帶古天」五字，稍微損傷一點兒，作爲鑒識。可見，便是定武石刻，也有好幾塊，後來，又有棠梨板本、悅生堂板本、錢仲耕板本、新塘李氏板本等，不下五十餘家，眞可謂洋洋大觀了！

在如許衆多的蘭亭石刻中，自然是好壞各別，後村詩話的作者，曾經對此，有過精譬的比喻，大意是：

善書法的人，未有不臨蘭亭集序字帖的。然而，有的板本看上去很像，實際，功力不足，就如同優孟的裝扮做孫叔敖，全無韻味。有的板本，看上去不像，但意境超拔，略得神韻，就如同魯男子的學柳下惠。因此，如何判別拓本蘭亭集序字帖的優劣，反而也成了一門學問。

偶然的際遇，在雅好集古的友人書齋中，見到一本蘭亭集序的拓本，友人殷勤指告，它的古拙樸實，頗能得其神韻。經過我的堅持，將拓本借了出來，藉機影印在本篇之後，以供鑒賞。

據說，買一本王右軍蘭亭序拓本，就得花費百元之巨，我們能在書中，同時見此，豈不是大家都有福了！

歐陽修跋集古錄時，曾經提到蘭亭集序，原文是：

蘭亭修禊序，世所傳本尤多，而皆不同，蓋唐數家所臨也。其轉相傳模，失眞彌遠，然時時猶有可喜處，豈其筆法，或得其一二耶，想其眞跡宜如何也哉！

最後，再談談本篇的內容，由於當時士大夫，務尙清談自高，不切實際，觴景興懷，俯仰若有餘哀。但以右軍之曠達，蒼涼淒絕中，尤蘊逸趣，就非一般人的想像，所能描繪得出來的了！

至於有人批評本篇，天朗氣清，不合時景，絲竹管絃，語又重複，皆是皮相之言，藉以標榜自高這兒不再多做贅述，免得畫蛇添足。

附：蘭亭集序拓印本。

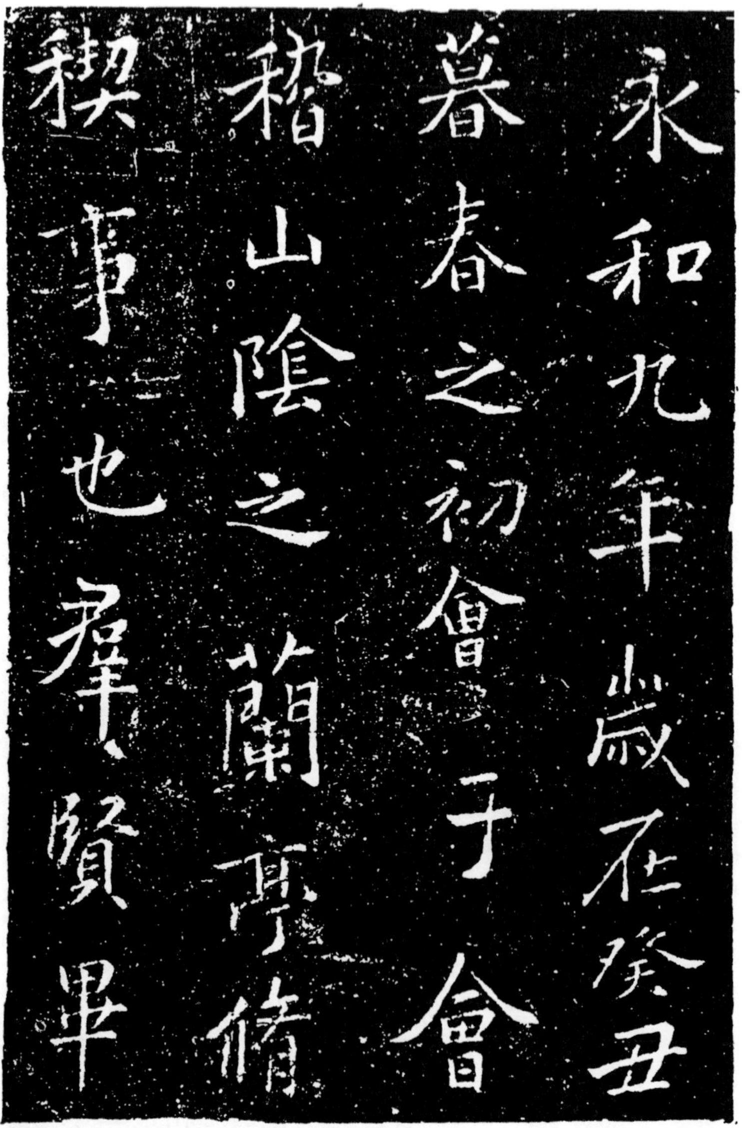
永和九年歲在癸丑
暮春之初會于會
稽山陰之蘭亭脩
禊事也羣賢畢

至少長咸集此地
有崇山峻領茂林
脩竹又有清流激
湍暎帶左右引以

為流觴曲水列坐
其次雖無絲竹管
絃之盛一觴一詠
亦足以暢敘幽情

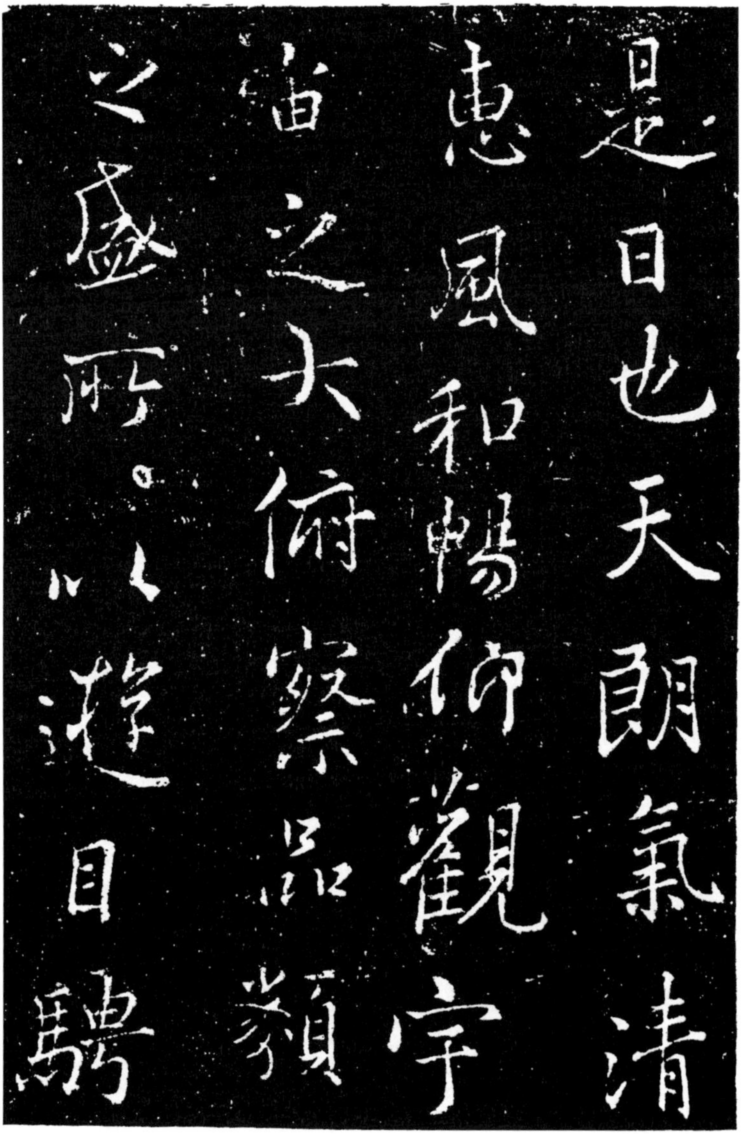
是日也天朗氣清
惠風和暢仰觀宇
宙之大俯察品類
之盛所以遊目騁

懷足以極視聽之
娛信可樂也夫人
之相與俯仰一世
或取諸懷抱悟言

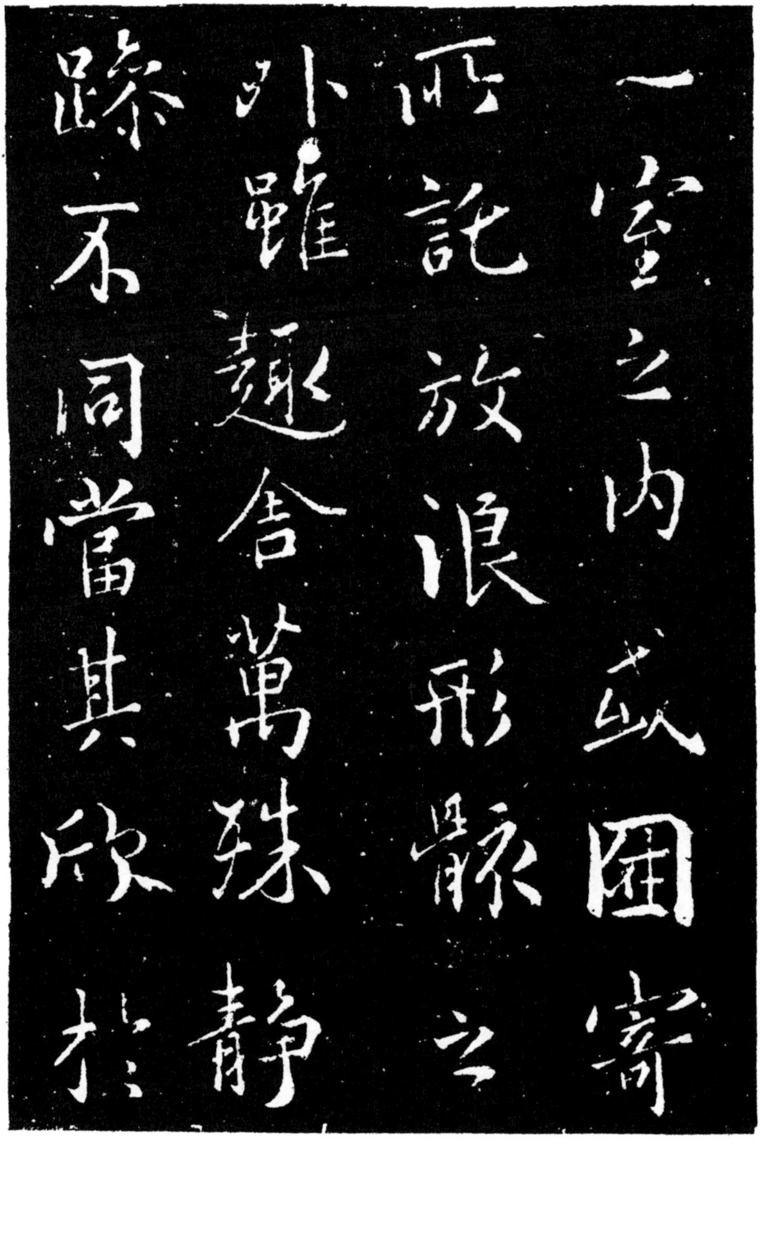
一室之内或因寄
所託放浪形骸之
外雖趣舍萬殊静
躁不同當其欣於

所遇暫得於己快
然自足不知老之
將至及其所之既
倦情隨事遷感慨

係之矣向之所欣
俛仰之閒以爲陳
迹猶不能不以之
興懷況脩短隨化

終期於盡古人云
死生亦大矣豈不
痛哉每攬昔人興
感之由若合一契

未嘗不臨文嗟悼
不能喻之於懷固
知一死生為虛誕齊
彭殤為妄作後之

視今亦由今之視昔悲夫故列敘時人錄其所述雖世殊事異所以

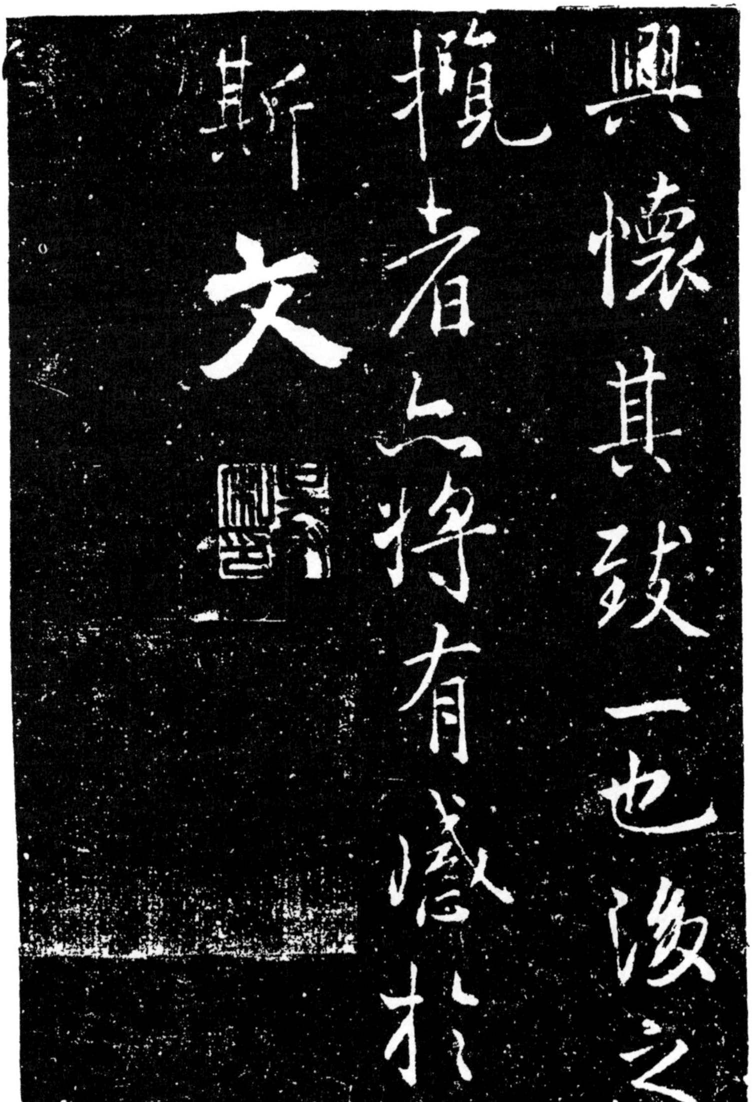
興懷其致一也後之
攬者亦將有感於
斯文

閒話「歸去來辭」

陶淵明先生的「不願爲五斗米而折腰」，早已成爲千古佳話，膾炙人口，充份表現出自甘淡泊的文人特色。本篇便是他離開彭澤縣衙，回到潯陽柴桑栗里故居時候，敍說自己的感慨所寫成。

在本篇的前面，原有一段「小序」，用來敍述辭官的原因，也許因與正文的文體無關，因此，古文觀止選輯時，便把它删除。完全是節省篇幅，和文體欣賞上的安排，序文中提到：

我家貧苦，所有耕地，不足養活家小，孩子又多，米缸經常是空空的，生活難得維持，親朋們更勸我找個小事做做，恰好，乘着建威將軍派我到京公幹時，遇見我的叔叔，和許多愛護我的親朋，憐我窮困，想要推薦我去做小縣的縣長，當時的局勢，不太寧靜，我害怕出遠門，聽說彭澤縣長正出缺，彭澤距離我家不過百里，路途既不遠，公田的收入，也足以維持生活，所以我就請准上司，派到這個地方工作。但是却仍舊惦念家鄉的寧靜生活，無法適應現況。縱然想勉強改變，也是身不由己。因此連想到，饑寒交迫，固然難受，但是違背良心，精神上的痛苦，比饑寒更難受。過去爲了生活的煎迫，只好幫人做事，現在想起來，理想和現實的背道而馳，總覺得有些慚愧。

本來，我想只幹一年的彭澤縣長，便收拾回鄉，平平實實的生活，誰知嫁到程府的妹妹，突然逝世在武昌，手足情深，不免興起我見她最後一面的願望，馬上提前自請辭職，從八月初上任，到現在一共是八十多天，正順着我的心意，多了一層閱歷，因此寫下這篇文章，題名叫做「歸去來辭」。

從序文中我們發現他措詞的含蓄，譬如他說……但違背良心，精神上的痛苦，比饑寒尤甚。分明是諷諭當時政治上的若干矯飾和官腔，使他看不順眼忍受不了，不惜拋棄烏紗帽來做消極的抗議。表面上，推說他的棄官而去，是爲了妹妹去世的奔喪，這種託詞，對他的上司而言，實是再好不過的藉口，但明眼人一看便可分辨出來，似乎從來沒有聽說過，爲了妹妹的去世，要小題大做辭官去奔喪的。雖是爲了不滿官場的醜態，然而却不肯明白指出，這種淡泊、寧靜的修養，又豈是一般人所能做到的。

據說，當淵明就任彭澤縣令的那年冬天，郡守派來一位督郵，視察縣政。按照規矩，他是代表郡守而來，縣令必須冠帶整齊，道旁迎候，這位督郵，既沒有讀過幾天書，只因善於營鑽，又把自己的小妹，送給郡守做姨太太，依恃裙帶關係，得了這個差遣，不免作威作福，擺他的官架子。淵明既卑鄙其人的不讀書，更瞧不起他出賣自己的親妹，作爲政治資本，聽說要他去侍候這麼一個汚穢小人時，他不禁長嘆的說道，我怎能爲了這五斗米的薪俸，屈膝伺候鄉里小兒呢？馬上捲起舖蓋，帶着妻兒，套車回原籍去了。

其實，縣令是個地方官，縣境的大小事情一切人等，總得要應付得頭頭是道，也不僅僅是屈膝伺候誰的問題，如果抱着「淡泊、寧靜」的態度去服官，祇能擔任上層工作。做一個親民的地方官，就不免有隔靴抓癢之譏了，又怎能探求民隱呢！我們敬佩的是他的學識修養，不敢苟同的，却是他服官的態度，實在不可能相提並論，如果正視到這一點，樹立起一個基本的信念：「爲政之道，不能講求消極的逃避，應當謀求積極的改進。」縱然不能達成，不得已而求其次，也可以從旁來影響它，豈不比逃難有用得多。

從彭澤辭官返里，陶淵明從此沒有再出去服官，過着他自耕自食的田園生活，每天和樵子農夫們，優游於陌上山邊，詩酒自娛，賞玩菊花，漸漸的，使他能超然物外，陶冶在大自然的境界裡，胸襟爲之一寬，據說，他最好的作品，便是在那一段時間內產生出來的。

有一首「飲酒詩」，不但是當時的寫照，也是他作品中的精品，原詩是：

結廬在人境，而無車馬喧。問君何能爾，心遠地自偏。

採菊東籬下，悠然見南山，山氣日夕佳，飛鳥相與還。

此中有眞意，欲辨已忘言。

在魏晉這個極端不安，大動盪的時代裡，正因爲有了像陶淵明這樣偉大傑出的詩文名士，奠定了浪漫文學的基礎，塑造出田園文學的典型，而他正成了代表這類田園文學的宗匠。

閒話「桃花源記」

在動亂的時代裡，大多數的的需要，往往是寗靜和安定，然而這項最起碼的要求，竟會那樣的不易得。只好求之夢寐或幻想，塑造一個理想樂園，來自我解嘲。也許這就是「桃花源記」寫作的背景。

翻開歷史，我們可以明顯地看出，最混亂的時期，要算是晉代，僅有一百五十五年生命的整個王朝，却先後產生了十五位帝王。平均每位帝王在位時間，不過十年，政治的紊亂，自可想見。何況有名的「八王之亂」「五胡亂華」，加給人民的兵連禍結，不但破天荒，後來又有從長安遷都到建康的偏安，更是無時無刻，不在戰爭的邊緣，爲苟全而掙扎。在飽受顚沛流離的時日裡，祈求清平，就越來越顯得迫切而需要了！

本文的作者陶潛，字淵明，他的曾祖陶侃，做過八州都督，是晉代的名臣。祖父陶茂，父親陶逸，也都做過太守。外祖孟嘉，又是當時赫赫有名的征西大將軍，稱得上家世顯赫，應當是養尊處優才對。然而，由於他們居官廉正，卻一貧如洗，所以淵明是在貧困中長大。也因此養成了高亢和安貧樂道的個性。在五柳先生傳中曾說他有不慕榮利和好讀書的兩個特點。所以能在三十四歲的中年，正是一般人熱中利祿的時候，演出了不為五斗米而折腰的千古佳話。可見他對功名富貴的敬畏，和渴求寧靜和安定的企望，並不是徒托空言的。

他是潯陽柴桑栗里人，於今之江西九江，自稱五柳先生，死謚「靖節先生」，因此，後世也有稱他陶靖節的。他人格清高，學問淵博。能吸收儒、道、墨三家的精義，融會貫通，因此才產生類似屈原隱遯避世的思想。為了看不慣政壇的汚濁現象，又不願起來和惡勢力纏鬥，這才產生消極退避的構想，桃花源記，便是在這樣的氣氛下，發之於外的構思。原是「桃花源詩」的「幷記」，正如同七言古詩「琵琶行」前的「有序」一樣，屬於詩的前言。原詩是：

嬴氏亂天紀，賢者避其世。黃綺之商山，伊人亦云逝。
往跡浸復湮，來逕遂蕪廢。相命肆農耕，日入從所憩。
桑竹垂餘蔭，菽稷隨時藝。春蠶收長絲，秋熟靡王稅。
荒路曖交通，鷄犬互鳴吠。俎豆猶古法，衣裳無新製。
童孺縱行歌，斑白歡游詣。草榮識節和，木衰知風厲。
雖無紀曆誌，四時自成歲。怡然有餘樂，于何勞智慧。

奇蹤隱五百，一朝敞神界。淳薄既異源，旋復還幽蔽。
借問游方士，焉測塵囂外？願言躡輕風，高擧尋吾契。

古文觀止選用了「並記」，却沒有將詩一併選入，這才改頭換面，將桃花源詩前的並記，改稱爲「桃花源記」，注意到原出處的人，便不太多了。原作出陶靖節集卷六，也有連詩並記合稱「桃花源記」的。此集淸際曾有陶澍的節註本，今日商務印書館出版人人文庫三四七、三四八兩聯號，有此集縮印本，對本篇有詳盡之背景分析，可以參閱。

其實，早在他寫「搜神後記」時，此一結構，便已具備，假如說，本篇是搜神後記原述的修正本，並非武斷。原述是這樣寫的：

南陽劉驎之，字子驥，好遊山水，嘗採藥至衡山，深入忘返，見有一澗水，水南有二石困，一閉一開，水深廣，不得渡，欲還失道，遇伐薪人向徑，僅得還家，或說困中皆仙方靈藥，及諸雜物。驎之欲更尋索，不復知處。

其中若干部份的陳述，頗與桃花源記相似。我們不妨臆測，陶在寫好上述的片段以後，無意中發現了位在桃源山下的幽谷溪澗，心嚮往之，索興用前文爲經，充實後改寫成爲桃花源記。最後拉出劉子驥來收場，使得二文之間，也有了呼應。

由於「搜神後記」中，劉驎之片段的出現，可以肯定的說，桃花源記是出於寓言，並非事實。因為這本專為描敘神仙怪異的說部，幾乎是集希古怪的大成，既然劉子驥是晉代的隱士，晉書隱逸傳中有屬於他的實事記載，如果劉子驥確有其事，何必列入搜神記來啓人疑竇呢？可是，偏有一些好事的人，描聲繪影，甚至還明白指出，桃花源在今之湖南省桃源縣，距縣城以西二十餘里的桃源山下，發現洞口的漁夫姓黃，名道眞。當時的太守是劉歆，越說越眞，不由你不信。不過，現在的桃源山下，確有一個洞口，並且有石碑堵住，洞口上邊，還有一塊「古桃花潭」的石刻，當然，這是後人用來附會風雅的。不過，有了這些，已經夠我們聊上半天，又何必一定要追究它的有無呢？

閒話「五柳先生傳」

「五柳先生」，是陶淵明先生的自稱，因此，本篇也便成了陶的自傳，自從他「不肯爲五斗米而折腰」，辭去彭澤縣令，退隱山林，劉裕纂晉，更是義憤塡膺，因爲他的曾祖陶侃，做過晉朝的大司馬，八州都督，品格氣魄高大，爲當時有數的名臣之一，祖父陶茂，父親陶逸，都官居太守，他外祖孟嘉，又做過征西大將軍，赫赫威名，可算世代深受晉朝的國恩，一旦被纂奪，那有不憤慨的道理？所以他耻不復仕，優樂終身，本傳便是在這種情形之下，自敍生平的種種。瀟灑逸淡，多有神來之筆，時人譽爲實錄，並非過獎。

篇中，引起爭議最多，解釋起來煞費週章的，便是：「好讀書，不求甚解，」往往意譯成「喜歡讀書，不求細細兒的解釋。」這種似是而非抓不着癢處的說法，居然能沿用上若干年，無人提出異議，當然，譯成「不講求解釋」，更是荒天下之大唐，姑且不談。解釋得不清楚，既然比不解釋更糟，實在有値得講究的必要。管窺以爲，「好讀書，不求甚解」，如果能譯爲「歡喜讀書，處處存疑。」既可以力矯前失，不致似是而非，兼能激勵上進，啓發學者之心智。其實人類生活的改善，文明與進化，完全是基於事實需要。求知亦復如此，凡事如果不能存疑，便無法啓發新思，一切發明發現便有扼殺的危機。牛頓如果看蘋果落地爲必然，不存疑義，地心引力便不會發現。登陸月球的能夠實現，是因爲若干困惑因素的逐項排除，這都是「存疑」之功勞。這類事例甚多，無法枚擧。學問之道，總以能潛心專注，知曉他的解釋爲首要。但却不可肯定的說這種解釋是絕對的。正如孟子說「儘信書，不如無書。」可以和「讀書不求甚解」來相互引證。使做學問的工夫，更深入，更透澈，不知道您以爲如何？

傳中所說，先生不知何許人也，亦不詳其姓氏，既係陶的自敘，這些懸疑，自可迎刃而解，先生姓陶、名潛，字淵明，號元亮，江西潯陽柴栗里人，他的一生，我們也不妨加以簡單的介紹：

他曾經做過四次官，第一次是江州祭酒，第二次是跟隨劉牢之當鎭州參軍，第三次是跟劉敬宣做建威參軍，最後才由他叔父推薦，擔任彭澤令，第一次的祭酒，是管理錢糧米谷和刑法的小吏，雞毛蒜皮的事兒，當然幹不多久。第二次、第三次的參軍，本可藉此露展才華，爲國家做點事，由於主事的人胸無大志，使他大爲失望，第四次又因不肯爲五斗米而折腰，辭去縣令，因此，他做官是澈底的失敗，也正因爲這些失敗所激勵，使他能在縱情山水、田園之樂的時候，發揮他文學上的天才，產生出驚天動地的不朽作品，未嘗不是意外收獲。就因爲這原故，才能奠定了魏晉浪漫文學的始基，使得後世的文壇，受他廣泛而深遠的影響，發展成爲清健、雅適的另一主流。

沈德潛說，陶潛的詩，影響後世很大，王維善描山水，得陶之清腴，韋應物的閒淡，得陶之冲粹，柳宗元之雅健，得陶之峻清，白居易之恬適，得陶之瀟逸，蘇東坡的簡靜，得陶之神韻。可說是對陶推崇備至。成爲詩家中的詩家。至於他的文學創作，也是有口皆碑的。

在本傳中，談到黔婁先生的兩句名言：「不常常憂愁於貧賤，不急急想望於富貴。」彷彿是爲陶淵明而說的。淵明死在宋文帝元嘉四年，享年五十六，他死後，被謚爲「靖節先生」。因此，後人也有稱他陶靖節而不名的，他的墓園在星子縣北二十五里。墓的西南，有一所靖節書院，當然是後世爲紀念他而建的。現在有陶淵明全集計十卷，留傳於世。

閒話「諫太宗十思疏」

「獨異志」載：「太宗朝罷歸而含怒曰，終須殺此田舍奴。」文獻皇后問曰，大家嗔怨誰也。帝曰，只是魏徵老兵，對衆辱我。后入院衣褕翟下殿拜。帝驚問曰何也，后曰，妾聞主聖臣忠，徵能直言，非大家聖德，不有忠臣，妾敢慶賀。帝大悅。」

前面這段引述，是唐，李冗書中所記，有兩處需要略微解釋一下，「褕翟」相當於現時的晚禮服，非有慶典不穿，皇后穿「褕翟」，就表示對這件事的重視，認爲是件大喜慶，所以皇帝才會大吃一驚，其次，「大家」是當時皇后對皇帝尊稱，並非指大夥兒，先弄通這兩點，讀閱原文便易於通曉了！

俗話說：「家有賢妻，夫不遭橫事。」古往今來，夫唱婦隨，共期互勉，傳爲佳話的，史不絕書，最膾炙人口的，莫如孟光、梁鴻，然而拿上面的故事，來權衡輕重，文獻皇后的作爲，攸關國家安危，似乎就更有意義。能以直截了當的手法，使皇帝由嗔而喜，說她是「一舉興邦」，也不爲過。

劉肅、「大唐新語」載：「魏徵嘗取還奏曰，人言陛下欲幸山南，在外裝束悉了，而竟不行，何因有此消息。太宗笑曰，當時實有此心，畏卿嗔，遂停耳。」可見魏徵的諫太宗十思，確已收到諫勸的效果，而太宗的從善如流，不矯飾自己的過錯，也正是能成就「貞觀之治」的唯一理由，雖貴爲天子，不忌憚部屬們的直言規諫，勇於認錯，又豈是一般人所能容忍的，何況是萬乘之尊？在「隨唐嘉話」中也曾談到：「太宗每謂人曰，人言魏徵擧動疎慢，我但覺其嫵媚耳。」可見皇后擧措所產生影響之大了。其實任何事情，看法最重要。一旦太宗認爲魏徵的忠心爲國，直言敢諫，雖有些疎忽、怠慢，也可以從另外一個角度上去化解。聖君賢臣能互相配合太平盛世自然容易得來，這便是所謂「相得益彰」的道理了。

由於魏徵的守正不阿，引起了太宗發掘「內幕新聞」的興趣，在柳宗元著的「龍城錄」中，曾有「魏徵嗜醋芹」的一段紀敍，原文是：

魏左相忠言讜論，贊襄萬機，誠社稷臣，有日退朝，太宗笑謂侍臣曰：「此羊鼻公不知遺何好而能動其情。」侍臣曰：「魏徵好嗜醋芹，每食之欣然稱快，此見其眞態也。」明旦召賜食有醋芹三盃，公見之欣喜翼然，食未竟而芹已盡，太宗笑曰：「卿謂無所好，今朕見之矣。」公拜謝曰：「君無爲故無所好，臣執作從事，獨癖此收斂物。」太宗默而感之。公退，太宗仰睨而三嘆之。

魏徵的答案，何嘗不是又一諫疏，政治的最高境界，是無爲而治，逐級授權，分層負責。魏徵的諷喻設諫，因時制宜。無怪太宗的默而感之也。

本篇的重點，祇在一個「思」字，但須處處從「德義」着眼。立論剴切深厚，可以和三代時的「謨誥」，同垂不朽。

唐太宗李世民，神武聰明，識量過人，臨機果斷，不拘小節，傾身下士，散財結客，擢將於行伍之中，取士於凡庸之末，以武撥亂，以仁去殘。即位後，勵精圖治，屈己從諫，本篇能受到太宗的重視，未嘗不是他力於爲善，知人善任的表現。

他曾告誡臣屬說：「以銅爲鑑，可正衣冠；以古爲鑑，可知興衰，以人爲鑑，可知得失。」所以才能夠既建創業之勛；輔助高祖李淵，掃蕩群雄，成就帝業。復饒守成之略；講求治道，整飭綱紀，出官女，禁告訐，定勛臣爵，置弘文館，尊儒崇經，律定兵制，偃武修文。在歷史上的評價，認爲比秦始皇、漢武帝還要高明。只是父子兄弟之間的乖張事比較多，爲後世所譏吧了！

由於他名「世民」，因此，當時在通用的文字中，便不准出現「世」字，稱爲避諱。連仙、佛也不例外。佛教所尊家喻戶曉的「觀世音菩薩」，就是因爲名號中間有「世」字，不可稱用，這才改稱「觀音菩薩」，乾脆把中間的「世」字省略，免得麻煩。也是今天我們稱號「觀世音菩薩」，又稱「觀音菩薩」，有兩種不同稱謂的由來。

談到避諱，常會有笑話或不合理的事發生，我們將在「閒話諱辨」中，詳加討論，此處不再贅述。

閒話「爲徐敬業討武曌檄」

酉陽雜俎稱：「駱賓王爲徐敬業作檄，極疏大周過惡，則天覽及「娥眉不肯讓人，狐媚偏能惑主。」微笑而已，至「一杯之土未乾，六尺之孤何託。」曰「宰相何得失如此人。」可見本檄當時的聲勢。

提起武則天，說來話長，她的名字「曌」，是自己創造的新字，屬於六書中的「會意」，有「目空一切」的內涵。她的高祖武居常，少年時住在洛陽，因他下頰很尖，又有鬍鬚，被人呼爲猴頰郎，頰上有四個靨，一天，有一個乞丐路過，看到居常對他說：「郎君當有身後名，面骨法當刑，然有女當八十年後起家暴貴，壽亦浸微。」居常不信，後來果然應驗了乞丐的預言。不知此丐何以有這麼一手，也可算得上是位異人了。

考證我國的歷史，女性稱皇帝，自立國號的，僅有武則天一人，她改國號爲「周」，在位十五年，其他女性專權的像韋后、呂后、慈禧，僅止於專政而已，還有傀儡皇帝做爲裝點，也沒有更改國號。

根據官方文書的記載，武則天的父士彠，並州文水人，官至工部尚書、荊州都督，封應國公，則天十四歲時，因有才色被太宗選爲才人，太宗死，她削髮爲尼，入感業寺修行，高宗見而悅之，召入宮中，立爲昭儀，進號宸妃。改載初二年爲天授元年，代唐稱帝。改國號爲周，降皇帝爲嗣子，直到天授十五年正月，則天病，張柬之等擧兵，迎中宗復位，改爲神龍元年，復「唐」國號，移則天於上陽宮，同年十一月，死於寢宮。武則天的「虺蜴爲心，豺狼成性。」是絕不含糊的，用「最毒婦人心」五字來形容，最爲恰當。下面敍述一些事例來做證明：

當她爲昭儀時，扼死親身女兒，祇爲王皇后剛從她女兒身邊走過，撫弄了嬰兒一番，則天潛斃親女，買禍王皇后，向皇帝哭訴。皇后有口難辯，這才實現了廢除皇后的陰謀，不惜犧牲親女，來奪取后位。能不說是手段毒辣？

高宗另一妃子蕭良娣，則天正位中宮後被囚，良娣大罵：「願阿武（指則天）爲老鼠，吾作貓兒，生生扼其喉。」則天大怒，下令宮中不准養貓。

王皇后、蕭妃被囚，高宗前往探視，則天知道後，派人杖廢后、妃各一百，截去手足，投入酒甕，說，讓她們二個賤婢的骨碎。廢后、妃延數日而死。

武元慶、武元爽爲則天之兄，坐事死，則天有一姨姪女，爲高宗所幸，封魏國夫人，爲則天私自毒死，連同則天姪兒，武惟良、武懷運，也因此被殺。

高宗有一子名忠，已立爲皇太子，因讓太子位給則天的兒子宏，改封梁王，慶貶黔州，復又賜死。

高宗有一子上金，封澤王，爲後宮楊氏所生，上金亦已有子七人，高宗另一子素節，封許王，爲蕭淑妃所生，素節亦已有子九人。則天授意周興，誣告上金與素節謀反，逼他們自盡，他們的兒子一併賜死。

前說則天的兒子宏，已立爲皇太子，因同情蕭淑妃的遭遇，爲則天酖殺，改立次子賢爲章懷太子。又因爲觸犯忌諱，發掘母后陰事，爲則天先廢爲庶人。變成了平民，流配巴州。後來又派邱神勣逼殺，連賢的兒子光順，也未能倖免。虎毒尙且不食兒，則天忍心撲殺親身的兒子，連皇孫也不肯放過。甚至高宗爲兒子說情，她反而搬出「大義滅親」的大道理來抑止，可見她行徑的狠毒程度了！

則天所生的第三子哲，便是中宗皇帝，中宗子邵王重潤，女永泰公主，駙馬武延基，都因爲偶爾談到祖母的醜事，遭則天逼令自殺，甚至則天愛女太平公主的丈夫，駙馬薛紹，也爲她一怒賜死。綜計她殺死的至親骨肉，史無前例。無怪駱賓王的「慨乎言之」了！

至於她的愛女太平公主，居然把自己的情夫薛懷義薦給母后，母女共一奸夫，亦可稱爲千古穢聞，民間尚耻言之，何況貴爲皇后、公主，眞可以稱得上是衣冠禽獸，廉耻盡喪了！有一本「控鶴監秘記」，是專爲描寫這揩事寫的，正史上也有許多「燕昵羞穢」的記載，由於這些不是我寫此閒話的目的，所以就到此爲止。不多贅了。

唐代崇奉道教，不外有兩個原因：一、道教始祖老子，姓李名耳，是唐朝天子的同姓，多一層宗親關係。二、帝王們擁有天下的財富，和極大的權勢，唯一不能予取予求的，便是壽命，爲了追求長生不老之方，往往憧憬寄望于道家所謂的吐納法，修鍊丹藥，希望成爲神仙長生不老。可是，則天的母親楊氏，本是隋朝宗室始安侯楊達之女，隋朝與佛教之關係密盆，武則天的母親，生長在如此背景的家庭，自然而然的便成了虔誠的佛教徒。因此，則天卽利用佛教教義作爲附會，來曲解她所以成爲皇帝，乃是佛陀的意旨。利用大雲佛經來附會解釋。

原來大雲佛經傳至天竺國，在晉朝時，我國已有二種譯本，一是後涼曇無讖所譯，名「大方等大雲經」，另一爲竺法令譯「大雲無想經」。經中記載着兩個發生在印度的故事，一說女身當王國土，一說是王女繼承王位。說佛祖實是菩薩，爲化衆生，現受女身。或捨是天形，卽以女身當王國土。得轉輪王領土一半中的一半。

所以武則天據此自稱爲「金輪皇帝」。用以愚惑無知人民，宗教力量來籠絡信徒。使隋朝的佛教勢力，便可利用此一機會，再度抬頭。如此籠絡人心，可見則天的處心積慮，不是一朝一夕的。

按照稗史的說法，當高宗做太子的時候，一次偶然機會，入侍太宗，武才人迴避不及，只得默然站立在金魚缸側，無限嬌羞。看得高宗心癢癢地，情不自禁，用手指從魚缸中拈了點水，輕輕彈在才人面頰上。則天赧然報以微笑，兩情暗合。後逢太宗忌辰，高宗到感業寺上香，武則天看到聖駕，驚喜交集，高宗偶然顧盼，似曾相識，經過垂詢，則天寫下十個字：

未得君王寵；先沾雨露恩。

高宗記起前情，囑她蓄髮，然後從回宮中。

另有一種傳說是，王皇后曾聽到高宗談起武才人的往事，正當王皇后與蕭淑妃爭寵，皇后想聯合武媚抵制蕭淑妃。這才引狼入室，將則天從感業寺，召回宮內，封爲昭儀。因此自食其果，受到了殘酷的報應。

大唐新語更談到：「高宗晚年，若風眩頭重，目不能視，則天幸災逞己志，潛遏絕醫術，不欲其瘉，及疾甚，召侍醫張文仲，秦鳴鶴診之，鳴鶴曰，風毒上攻，若刺頭出少血則愈矣。則天簾中怒曰，此可斬，天子頭上豈是試出血處耶，鳴鶴叩頭請命，高宗曰，醫之議病，理不加罪，且我頭重悶，殆不能忍，出血未必不佳，朕意決矣。命刺之，鳴鶴刺百會及腦戶出血，高宗曰，吾眼明矣。言未畢，則天自簾中頂禮以謝鳴鶴等曰，此天賜我師也，躬負繒寶以遺之，高宗甚愧焉。」則天的深藏不露，及機警之處，又豈是一般人所能比擬的。完全由於高宗的多病，促成了則天的竊權自固，日漸坐大，成了氣候。何況高宗治性懦弱昏庸，根本不是則天的對手，那得不受制於人？

則天雖然是個有屠殺至親骨肉狂的劊之手，當她權勢鼎盛的當兒，却也受到一次極耐人尋味的當頭棒喝，事情是這樣的：「有人誣告當時的皇嗣，則天幼子旦，就是後來的睿宗有異謀，則天令來俊臣審問皇嗣的左右侍從人員，這本是莫須有，但左右熬不過來俊臣的苦刑毒打皆誣服，唯有太常侍安金藏不服，大聲對俊臣說，你既不相信我所說的話，那麼請把我的心剖開，表明心跡，證實皇嗣的並未謀反。說罷用刀自剺胸膛，五臟都流了出來，血濺滿地，則天聽說有這等事，急忙要人將安金藏抬入宮中，吩附醫務人員急救，用桑白皮縫合胸膛，敷藥後經過一日夜的折騰才復蘇，則天親臨探視，歎息道：我有兒子不能自知，反而勞你的捨命剖白，使我慚愧。馬上下令停止審問，這才挽囘了睿宗和親近侍從的性命。也許由於「天良發現」，則天沒把第四個兒子，一齊斬盡殺絕，倘非安金藏的激於義憤，不知以後的演變，又是如何了。

徐敬業的高擧義旗，駱賓王的擂鼓助陣，天下勤王，此起彼落，然而，這些都是文人，起不了什麼作用，終於爲則天派兵糜平，敬業兵敗死，賓王不知所終。

駱賓王，姓駱，名賓王，並非拜官封王的說法。他與王勃、楊烱、盧照鄰並稱爲初唐四傑。詩比文章做得更好。有駱丞集傳世。

前面談了不少有關武則天的淵源和背景，但都是些題外文章，似乎扯得太遠，現在，要囘過頭來，談一談本篇的特點。

就純文學的觀點而言，本篇不失爲詞藻富麗堂正，寫作技法巧妙的巨構。內涵充實，擧事確切，能「攻人要害」，遠非「無矢放的」空泛的自我陶醉可比，足以激勵民心士氣，而無官僚氣。實在是檄文中的精警之作，就無怪乎連他的敵方——武則天看到，也歎服不置了！

在詞藻富麗堂正方面，像：「海陵紅粟；江浦黃旗。」「因天下之失望；順宇內之推心。」「一抔之土未乾；六尺之孤何託。」字句工整，尤其用問句做結尾，脫去陳詞濫調的警惕語收場，別出心裁，就更非高手莫辦了！

至於寫作技法巧妙方面，更是心思縝密，令人拜服。願就管窺所及，提出來就教於高明！

一般地說來，「檄」屬於官方文書，因此，措詞必須堂正，方不失體統。但本篇係討武氏而寫，兼具「心戰傳單」的性質。以使能達到「掀起反武高潮」目的，心戰傳單有時不免會說些俏皮話，加上諷刺的字眼，以激勵士氣民心。要想將「官方討賊文書」和「心戰傳單」兩種性質不同的東西，合併在一起，眞是談何容易。也許這便是本篇的可貴處。像：結尾的問句，嚴正中有諧趣，使人讀了感覺其文的可愛。「凡諸爵賞，同指山河。」分明將論功行賞，說得更美化，更認眞。稱是傳作，實在沒有過火。

最後，我想將「海陵紅粟，倉儲之積靡窮，江浦黃旗，匡復之功何遠。」加以分析和解說，並求　指教。

著者籍隸江蘇泰縣，世居海安。也正是文中所指的「海陵」地方，不免產生無限的親切感，因此，兒時讀到古文觀止中卷七的本篇，和卷十一的泰州海陵縣主簿許君墓誌銘篇時，特別有興趣，這也許是主觀意識支使的緣故吧！

「海陵」按字面的解釋，是海中的山陵，但在本篇中，似乎是專指的我們家鄉「海陵縣」而言，其實，我們家鄉原本是海中一山丘，滄桑多變，後來便和陸地連結了起來，成爲一片新大陸，因此命名爲「海陵」，漢、唐時已設有縣治，包括現在東台、泰縣的全部，和高郵的東部如皋的絕大部份，可見它早有悠久的歷史，既非「後起之秀」，更不是「暴發戶」，由唐至宋，更是聲名遠播，唐宋八大家歐陽修的父親歐陽觀，便是在宋眞宗大中祥符三年，逝於泰州推官任所，當時歐陽修才四歲。王安石的泰州海陵縣主簿許君墓誌銘，刋在古文觀止卷十一，何況，先世放翁詩句：「香糖炊熟泰州紅。」更是膾炙人口，知道的人不少。不過，唐、隋朝，海陵縣直屬揚州府，宋朝行政單位的劃分更細，海陵縣屬揚州府泰州州而已！民國以後，海陵名亡而實存，具體而微的保留「海安鎭」，隸屬泰（州）縣，在行政制度上，又有「揚州專員公署」，承江蘇省政府之命，加以監督而已！

至於「海陵紅粟」，歷來引起講述上的爭議不少，有說海陵是縣名，漢置，即今江蘇泰縣，紅粟，言米粟多至紅腐。有說是形容糧米儲藏之多，有說是海陵專出一種淡淡水紅色的桃花米，數量大得驚人。有人引放翁詩句，說海陵紅粟，便是詩中泰州紅的相同意思。有人說，便是江都縣志中所說的桃花米，又稱水晶晚。衆說紛紜，莫衷一是。當然，各有一套「言之成理」的說法，不過，兒時　先外王父王公雯青府君，給我解釋此句時，特別強調，如臯東鄉的「棗兒紅」酒，爲唐宋時之佳釀，係利用附近盛產之蘆杷製成，蘆杷類似高粱，也是紅色顆粒，和泰州紅同屬海陵特產之「紅粟」，檄文指出「海陵紅粟，倉儲之積靡窮。」在說明一項事實，祇要我們大家齊心協力，光復國土，並無後勤匱乏之虞。海陵地方出產的好米、好酒，會讓你們吃個夠的。我們知道，犒勞官兵最好的東西是「美酒美食」，這便是「海陵紅粟」足以鼓勵士氣的原因了！至於說海陵不像北方，不出產粟米，是指今天的泰縣而言，如臯、泰興一帶，仍舊是出產粟米的。因此，將這句解釋爲海陵有好米好酒的出產，可供軍實。也許更爲妥貼。

下一句「江浦黃旗、匡復之功何遠。」更是別有洞天，習慣上的解釋，「浦」是邊緣，江浦則是沿江一帶，本篇中的江浦，有人指爲南京附近的地名。其實，這句話要先從「黃旗」兩字解釋起，前面談到，唐朝尊道教爲國教，道教尚黃，君不見太上老君的令旗，是杏黃色嗎？武則天立國，奉佛教爲正朔，棄廢黃色，此處的「江浦黃旗」，乃是說，看沿江一帶，仍舊尊奉唐朝爲正朔，所持的黃旗，足以說明匡復已經不遠了！隱約中，含有籠絡道教徒，來壯大聲勢的想法，實在是用心良苦！

總之，本篇雖是駢體，用字却十分謹嚴，幾乎沒有一字無來歷，如果，我們以爲有些字眼，像紅粟的「紅」字，黃旗的「黃」字是裝飾用字，未免忽略了本檄文的價值，和作者的用心，實在有點那個！值得我們熟讀深思！

閒話「滕王閣序」

「滕王閣序」是王勃的成名作，以詞藻富麗、音韻鏗鏘，爲世所欽重，其實，最膾炙人口的，還推他抵達南昌的神奇傳說，和序文末尾的七言詩，多采多姿，生趣盎然，往往爲讀者所忽略。現在據唐人的各種資料，加以綜合縷述，藉博一粲，並就正於大雅！

稗史載：「王勃省父交趾，舟泊馬當。距南昌七百里，夜夢水神告之曰，助風一帆，及旦，已抵南昌矣！」一夜舟行七百里，才能在閣都督滕王閣大宴賓客的當天早晨，到達南昌，及時趕上盛會，寫下了千古傳誦的巨構！所以，後來形容一個人的特殊際運，常用「時來風送滕王閣」來譬比，正是引述的這個故事！

「滕王閣」原係唐高祖的庶子，李元嬰所建。唐高祖李淵，史稱有四個兒子，三子玄覇早逝，太子建成和秦王世民、齊王元吉，都是雄才大略，爲了權勢之爭，不惜骨肉相殘。武德九年，世民終于殺死太子和齊王，登上帝王寶座，便是歷史上的唐太宗。而這位滕王，也許就因爲太平庸，沒有資格和兄弟們較量，反而獲得保全，被分封在南昌郡，築園建閣，安富尊榮，碌碌地過了一生。他那生前的遊慆之所，也正如同曇花一現似地，失落到乏人過問的際遇，聽其凋敝。直到閻伯嶼擔任洪州牧，基于保存古蹟和觀光的理由，才加以修復，作爲公共遊樂場所。這當然屬於地方官吏，能與民同樂的舉措，不過弦外之音，却別有會心。原來閻有位女婿吳子章，是過目成誦的才子，想利用這次新修滕王閣落成的機會，做一篇記敍修閣始末的文字，不但可使閣能垂名久遠，也可以幫吳一舉揚名。特別叮嚀他先行構思，免得臨時下筆匆忙。吳受命後，先期揣摩起草，使得閣的意圖，成了公開的秘密，竟至無人不曉。因此使得這些接受邀宴的濟濟多士，有了一份共同的體認，推拒作序，以免惹起閻都督的不快，可以不費週折的促能吳子章，有獲得成名的機會。不然，像這種名利雙收的做序差遣，誰不願接受呢！偏是王勃的冒失，和事先毫不知情，才有此陰錯陽差的際合，就成了他的令名。

不難想像到，這次盛宴席次的編排，是嚴格地按照階級或聲望區分的，閻雖貴爲都督，却是主人，當然居於末位，王勃的父親是閻的同年，因此王勃和吳子章，都是晚輩，只好敬陪末座。不過吳是女婿，更要排在年姪的後面，於是促成了王勃答應作序的先機。不但使滿座大驚失色，更是怒惱了閻伯嶼，祇好用退席表示自己的憤懣，然而，他並沒有忘記吩咐侍者的「得句即報」，等王勃寫出：「落霞與孤鶩齊飛，秋水共長天一色。」的警句時，閻的震怒，終於爲贊賞的情懷所融化，激動的說，不是我女婿能夠比得上的，眞是奇才！仍行回座，繼續看王勃即席揮毫，直到文章寫成。

前面談到，吳子章也是位過目成誦的才子，眼見即將到手的榮譽爲王勃佔去，自然老大的不快，所以當王勃的大作接近尾聲，略事休息時，吳却抗聲說道，這是抄襲前人的舊作。不信，我可以背給大家聽，座客再次感到驚訝，因爲吳不但朗朗背完，而且沒有遺漏一字。王勃神色不變，徐徐的問道，既然你已經讀過，可知「完結了沒」？這才加上一首七言律詩作結。詩的意境尤甚於文，使吳瞠目結舌，悄然離席而去。閻都督盛讚之餘，贈賜縑帛，作爲酬謝。

由於本篇使王勃的才名大燥，閻伯嶼和吳子章，也因此成了故事的中心人物，尤其是吳子章，却也能名垂千古，未嘗不是不幸中的大幸！

雖然，這是一篇出色的名作，但瑕疵不是沒有。就其警句而言，乃脫胎於庾信的射馬賦：「落花與芝蓋齊飛，楊柳共春旗一色。」至於「時維九月，序屬三秋」也犯了疊床架屋的毛病，成了掠人之美或練句不精。不過，考古質疑卷五談到，原文「時維九月」，乃是「時維九日」之誤。嚴格地說起來，也並沒有什麼不妥，更有耐人尋味之處，茲申述如次：

在本篇的前段，有：「十旬休暇，勝友如雲；千里逢迎，高朋滿座。」句，按照當（唐）時的制度，遇旬休假。旬的解釋是十天，也就是說，每逢十天，休假一天。所以，韋應物的詩中，有「九日驅馳一日閒」的實況素描。問奇類林也有「唐制十日一休沐」的記載。這頗與今天我們所推行的週曆，有不謀而合之處。祇不過是將七天延長爲十天而已！正因爲如此，篇中的「十旬休暇」句，正確的解釋，應當是：「逢到第十天的旬日，休假閒暇的日子。」，如果按字面解釋成十個旬日的休暇；或者說成有一百天的休暇，那便大錯而特錯了。

反過來，回復到「時維九日，序屬三秋」句，將「月」字改爲「日」字後，便可以解釋爲；正當辛苦了九天，接着而來的休假日子，時序上也是秋天的將盡。雖然在意思上沒有重複，講解起來，却費事多了！不知道此一說法，是在昭明太子選文以前，還是以後，假如是在本篇被蕭統排斥在文選以後，所主張的說法，分明是在製造下台階，不足爲訓。如果是在選文以前，使人大惑不解的是，何以會有如此的舛誤，一直沒有改正過來，甚至，在今天所有的版本上，仍舊沿用「九月」，而不是「九日」，更是撲朔迷離了！

閒話「與韓荊州書」

李太白在三十歲的那年，從家鄉去到襄陽，表面上是訪問從兄李皓，實際是想託人推薦，採用戰國時代，縱橫遊說諸侯方式，達成做官的願望。他第一位拜謁的對象，便是荊州長吏韓朝宗，也正是本篇所稱的韓荊州。

按唐書載：「韓朝宗，初任左拾遺，累官荊州長史，開元二十二年，設置十道採訪使，韓朝宗以襄州刺史兼山南東道。後因屬下擅自變更賦役，貶洪州刺史。天寶初年，又召爲京兆尹，後又出爲高平太守，貶吳興別駕而卒。韓喜歡獎挹後進，曾薦崔宗之和嚴武於朝，深受時人推崇。」

太白因爲韓朝宗樂于獎掖後進，才直截了當的給他「上書」，結果，並沒有得到預期的效果。雖然，朝宗延見他的時候，白長揖不拜，等到請他飲酒時，李白心中一喜，不覺誤拜。韓讓之，他又辯說，酒以成禮，荊州大悅。不過，也僅止于「大悅」而已。並沒有進一步爲他推薦。

韓荊州何以沒有推薦李白？也許，我們可從若干名人筆記和稗史中，找出一些端倪來：

韓朝宗擔任荊州採訪使，十分欣賞孟浩然的才華，孟是襄陽人，隱居在襄陽東南的鹿門山，有一次，韓到京師，約孟浩然同行，以便向當朝推薦，臨行的這天，浩然家中來了一位不速之客，邀同共飲。旁人曾經提醒他，你和韓公有約會，浩然聽說有酒喝，大聲呵叱的說，「有酒喝，管他什麼韓公李公！」竟然爽約，使得朝宗十分光火，再也不願理會孟浩然了，偏是李白來到襄陽，和孟浩然詩酒酬唱無虛日，韓對孟已有成見，當然不滿李孟的交往，不願推薦李白，免得再蹈浩然覆轍，也是在情理之中。

李白除了上韓荊州書外，又曾謁見過其他的顯要，例如上安州李長史書、上安州裴長史書，亟力頌揚這些人的才德，還拿着自己的詩文，到處請求指教，相機推介。可是，他又傲慢成性，不肯低頭，在這些達官、貴人面前，自恃不凡，毫不謙虛，反而激怒了這些人，不但不肯推薦，還受到坐名的攻擊和斥責，甚至想治他的罪。像這樣的到處得罪人，誰又肯爲他推薦，自找麻煩呢。

本篇的體裁，實在就是今日求職用「自傳」的濫觴，所不同的是，本篇先將荊州人品，儘量擡高，以見：「國士之出不偶；知己之遇當急。」談到自己時，文氣勁逸，詞藻高華，既無搖尾乞憐的寒酸相，亦少卑躬屈膝的乞援聲。眞正做到不卑不亢，自是太白本色。

其實，李白上韓荊書的主要目的，並不是爲了做大官，發大財，而是想要滿足個人英雄主義，任俠好義，希望大展抱負，有一番作爲，然後功成身隱，入名山，與漁樵爲伍。他特別崇拜魯仲連，就因爲魯在這一方面，有十分突出表現的緣故。在他的詩中：

功成拂衣去，歸入武陵源。

我書魯連箭，報國有壯心。

便可以明顯的看出來。

他自小就抱有大展才華的壯志，仗劍出川是爲此，結納賢豪是爲此，上書韓荊州、裴安州，李長史也爲此。直到最後，認識了吳筠，由於吳的大力推薦，玄宗特詔命晉京，這才使他有發揮的機會。這篇「上韓荊州書」，也成了歷史上的傳作。印證了他的志尚。但却不是本文所促成的。

閒話「阿房宮賦」

「阿房宮賦」，稱得上是唐賦第一。可以媲美司馬相如的子虛、上林諸賦，却不是徒逢君王的過失；可以和滕王閣序、過秦論相抗衡，却不像王勃的專注於詞藻的麗都，和賈誼的波瀾曲折，姿態橫生。本篇極寫當時秦宮的瑰麗堂皇，隱射出驕橫歛怨，民不堪命的悲酸，感慨六國及秦之滅亡，都是咎由自取，罪有應得。文體駢散並用，記敍中有議論，挺拔峻秀，的確可以和三都賦，兩京賦，並駕齊驅，毫無遜色。

杜牧，號牧之，京兆萬年人，善寫文章，剛直有奇節，不爲齷齪小謹。芝田錄中談到，牛奇章帥維揚時，牧之在幕中，常便衣外出冶遊，奇章恐怕他招惹生事，命令諜報人員，追蹤監視，以防不虞，後來牧之調步拾遺的官職，臨別的時候奇章叮囑他，以後言行要謹慎，牧之初猶抵賴。奇章馬上命人取出一個篋子，其中都是街子輩報貼，說杜書記平善沒有惹事，牧之這才大爲感激，於是有「遺懷」的寄慨之作，表示心跡，痛下決心，奮發上進。

牧之流連美色，將近十年之久，一旦深感前非，頗有悔恨之意，吳武陵見詩，即就拿着本篇替杜向崔郾推薦，崔十分讚賞，於是牧之便登了第。可見本篇不但是精警之作，也成了杜一生幸運的起點。

附掌錄說，蘇東坡十分欣賞阿房宮賦，每天必定要讀上數遍，一遍讀完，總是再三嗟歎不置。到夜裡還不肯入睡，兩名長隨，都是陝西人，每天夜裡守候坐久甚苦，甲長歎說，知它有甚好處，夜深如此寒冷不肯去睡，唸來唸去，還不是這碼事兒。乙說，也有兩句好。甲大怒道，你懂得個鳥！乙回答道，我愛它的：「天下之人，不敢言而敢怒。」這兩句話，東坡的侍官叔黨躺在床上聽到甲乙兩人的爭辯，明天轉告，引得東坡大笑道：這漢子也有鑑識。「敢怒而不敢言，」本來是句俗話比較直率，本篇却改成，「使人不敢言而敢怒」，字句重組，顯得雅緻多多，無怪大家都對「這漢子的鑑識」，有更深入的講究也。

阿房宮又稱阿城，原係惠文王起造，城未建好便死了，直到秦始皇稱帝，擴大它的規模，添建離宮別館，跨越溪谷，穿過山嶺，東西三里，南北五里，庭中可以容納十萬人，飲酒要用車子裝運巡廻補充，烤肉要用騎馬的人來運輸，才趕得上。千人唱，萬人和。所有建造需用材料的徵集和採購，十分廣遠。木料從江西鄱陽山一帶運來。磚瓦、磁石，都從中原一帶運來，由此可以看出，工程的浩大，和影響的深遠了！

這篇駢、散並行的巨構，不單是起語的峻拔，詞藻的壯麗，使人擊賞而已！其中，「明星熒熒，開粧鏡也，至有不得見者三十六年」一段，最爲綺麗淒涼，歷代的「宮詞」多及不上它！惟有張祜的「何滿子」，王昌齡的「長信怨」，才勉強能和本篇較量，實際上也還差得很遠。尤其「博人一粲」的，秦始皇在位三十六年，賦中所謂，至有不得見者三十六年，實乃終生不獲一見的幽默文詞，詼諧、淒涼，使人讀了有無窮不盡的哀怨，像這種的行文，又豈是一般人所能刻畫出來的。

曾鞏對本篇的批評是：「宏壯巨麗，累數百言，至楚人一炬，可憐焦土，其論盛衰之變，判於此矣。」用詞賦來寫議論，用議論而來寫諷諫，是本篇一大特色，讀者切不可僅以詞章看它，確實是持平至公之論。

然而，對本篇產生異議的，也不是沒有。像隱居詩話便說，阿房宮賦中的長橋臥波，未雲何龍，牧之說龍見而雩，故用龍以比橋，殊不知龍乃是龍星的意思。

滹南集也說，棄擲邐迤，恐是邐迤棄擲，滅六國者，六國也非秦也，族秦者，秦也，非天下也。嗟乎，使六國各愛其人，則足以拒秦，使秦復愛六國之人，則進三世，可至萬世而爲君。多嗟乎字，當在滅六國上句，尾云，亦使後人而復哀後人也。這也有語病。有「使」字，那麼「哀」字便下不得，又不應當再云「後人」，說哀後人，那麼「使」字當去，讀者不妨仔細研究。

一些有閒階級，無聊的文人，往往會小題大做，節外生枝。尤其是強作解人，自命不凡，自大狂妄，使人厭惡。但也不無一些小道理，求疵固然重要，但切不可過於苛責。現在一併把它附錄出來，作爲參考。

閒話「原道」

顏子推說過：「觀天下書未徧，不得妄下雌黃。」這項立論，不但非常客觀，脗合現代的「科學法則」，確也是顚撲不破的至理。不過，假如此話說在韓愈「原道」撰寫時刻，也許可能會「斥爲異端」，受到排擠。因爲我們從逆向推測，原道文中，在竭力指斥老子和佛家道理的不塞不止，使得聖人的道理不流不行。換句話說，佛、老是站在聖人反對方向的，要想做聖人，便得排斥佛、老。假如依照顏子推先生的說法來推論，我們便得肯定，韓愈先生也曾在老莊學說和佛教經典中，痛下過工夫，有深切的了解，才會有如此著論。可是十分令人失望，在韓的文集或傳記中，却找不出有關對老莊，或佛家宗教哲學思想的研究報告及論文。然而，「原道」中，却提出人其人、火其書、廬其居，趕盡殺絕的覇道思想來，認爲這樣，「其亦庶乎其可也」，未免太武斷，太不科學了！

據說，當初唐憲宗迎佛舍利入大內供養，夜放光明。早朝宣示，群臣皆賀奏，說是憲宗聖德所致，惟獨韓愈不賀，皇上問他，群臣皆賀，惟卿不賀，何也？他奏說，嘗閱佛書，見佛光非靑黃赤白等相，陛下供奉的舍利放光，乃神龍護衞之光。

憲宗更進一步的追問，你說是神龍護衞之光，那麼佛書上所說佛光，究竟是什麼顏色？韓愈沒有提防，竟有這記絕招，瞠目結舌，回答不出。憲宗這才大怒，責斥他胡言亂語，因此才罪謫潮州。由此說來，韓愈對佛經研討的造詣不深，是可以斷言的。那麼，一定要人其人、火其書、廬其居，就未免「一厢情願」，不問是非曲直了。

捫蝨新話談到：「退之原道闢佛老，欲人其人，火其書，廬其居。於是儒者咸宗其語。及歐陽公作「正本論」，謂莫若修其本以勝之，又何必人其人，火其書，廬其居也哉。此論一出，而原道三語幾廢。」

相信陳善的記敍，是有根據的，而唐宋士子們的崇拜偶像，幾乎到了迷信的程度，未免使人感慨「原道」一文後遺症的嚴重程度。同時更令人欣佩歐陽修，不愧是位兼有政治家頭腦的文學大師。見解似乎「客觀」多了。

其實，就事論事，我們總覺得「宗教信仰」，也是一種「精神寄託」，不但可以幫助維持社會的秩序，培養道德情操和個人的修養工夫，增加安定社會的力量。一定要「唯我獨尊」的排斥其餘，既不「民主」，更不「公平」。何況宗教本旨，在誘導人們的向善，服膺「愛人如己，推己及人。」的要義，從來沒有一個宗教，是在鼓勵人「爲非作歹」的。那麼我們對這些教派的設立，和教義的傳播，不但不可以扼殺，還要鼓勵他們的滋生壯大，有了彼此的容忍，才能產生競爭和進步。實在是一項激勵，不是行不通的。也正是歐陽修的立論以後，胡康侯、王文康等人，演譯孔子的「世界大同」學說，所提出的主張。

稱頌一個人的學識淵博原無不可，但說成「無所不通。」便「不科學」了。韓愈的「師說」中說得最爲剴切。「聞道有先後，術業有專攻。」也正是兵書所說，「兵在精而不在多」的同一道理，憑有限的人生，要想博覽群書，又豈是一件容易事。因此，才有今天「集體智慧」的新構想、新設計。人類能登陸月球飛向太空。使得過去的神話故事，變成了貼切不移的事實，都是拜「集體智慧」合作無間的成果。今日的異想天開，也許明日會變成事實。反過來說，早在二次大戰期間，說人類能登陸月球，無異「癡人說夢」，可是等到電子計算機的發明，使一向被視爲窮畢生精力，無法計算出來的天文計算，忽然產生了捷徑速度增加了幾十萬倍，消除了實現此一理想的瓶頸，因此，一切有待解決的問題，在「集體智慧」的前提下，逐項逐步解決，層次推進。終於使理想實現，便是一個最具代表性的事例。

站在現在的「科學」論點來談，「事實最重要」，要研究分析任何一件事情，應該具有：

切勿肯定；不可武斷。

的正確觀念，也許這才是「立於不敗之地」，不受人攻擊的護身符。

反過來看本篇，似乎便犯了上面所說的忌諱，既武斷，又肯定，根本上違反了科學上的原則，我總覺得讀本篇，學它的章法結構則可，苟同它的見解，就無此必要了！

閒話「諱辯」

避「諱」，說得明白一點，便是避開「忌用」的字眼，這些字，往往是自家上三代，父、祖的名字，或者是近三代及當代的帝王名字，習慣上尊稱人的名字為「諱」，避用和尊親名字相同的字眼，便是避「諱」。

可是避「諱」也有個限度，祇上溯三代，避用父、祖、曾祖的名諱，不再向上窮追，不然，事體可就複雜到無法動筆了！封建時代的百姓，對帝王的名諱，也要上溯三代，連同當時的帝王，一共便是四代了。

過去，國民對避諱是講求得十分澈底的，子孫不避祖先的諱，便是不孝，會受人指摘，臣民不避帝王的諱，便是不敬，輕則受處罰，嚴重時，可能會殺頭。尤其是科擧時代，士子登科，被視為是升官發財，顯親揚名的捷徑。因此有：「十年寒窗苦，一擧成名天下揚。」的說法。可是儘管你才高八斗，學富五車，文章錦繡，字句珠璣，如果稍不小心，文中誤犯了諱，天大的才華，也無法中式，甚至，在考頭場時犯了諱，立刻便受到除名的處分，連考二場的機會也沒有。因此，避諱更成了士子的專務之一馬虎不得。試卷上切不可犯「廟諱」；即已死的上三代皇帝名、

「御名」；即當今皇帝名、及「聖諱」；也就是孔子名字。否則，是徒勞無功，科名無望的。

歷來避諱的實例很多，最爲世人所熟知的，莫如唐太宗時代，觀世音大士佛號的改稱，太宗名「世民」，爲了避諱，只好委屈菩薩。幸而「觀世音大士」是梵文的譯名，可以將就，乾脆把中間的「世」字省略，這便是觀世音大士，在唐以後，改稱觀音大士的原故，仙佛尚且不肯放過，其餘的就更不必談了！

最莫名其妙的，莫過於東漢時代，由於漢明帝名「莊」，這可好了。凡是當時姓莊的，都得改姓，歷史上有名的隱士，漢光武皇帝幼時的遊伴，好友嚴子陵，本來姓莊，只因避諱才改姓嚴的。莊光就是嚴光，在辭源辭典上也有註明，終明帝、武帝諸朝，就找不出一個姓「莊」的來，避諱到如此程度，君王的威勢可知。而這種莫名其妙的制度，影響所及，是如何的深遠和不近情理，便不言可喻了！

避諱有時也會鬧笑話，如淮南王父名長，「淮南子」凡是提到長的地方，都說成「修」，因爲「修長」是我們常常連用的字組，倒也不太別扭。范蔚宗父名泰，他便不肯拜「太子詹事」的官職。呂希純父名公著，他便辭「著作郎」官不肯做。劉溫叟父名樂，終身不肯作「樂」，不聽絲竹，不登嵩岱。徐積因父名石，避石不敢踐踏。朱溫父名誠，因爲成字和戊類似，便改戊己年爲武己年。楊行密父名怤，怤字和夫字同音，因此稱御史大夫、光祿大夫，一律縮脚稱爲「御史大」、「光祿大」，幾乎是走火入魔，因咽廢食，其實可笑。

尤其，令人噴飯的，據籍川笑林談到，五代時馮瀛王門客講道德經首章：「道可道，非常道。……」門客因馮瀛王名道，不肯直呼，便改口解釋說：「不敢說，可不敢說，非常不敢說。」十足是因避諱惹出來的痲煩，試問用這樣解釋道德經，豈不是越解釋越迷糊？

蘇東坡的祖父名序，因此他替人做序，大都用「引」字來代替，「序言」變成了「引言」，這些在蘇文中常會見到，在今天幾乎已經通用，殊不知也是避「諱」作的怪。

本篇所談的避「諱」，却因韓愈勸李賀考進士而引起，也許李賀中了進士，佔去別人的名額，才有人爲了切身的利害關係，批評韓愈的不是。韓愈的析辯中，最令人拜服的，他擧出漢朝有個「杜度」，不知道他的兒子如何避諱，相信能使說他不是的人，目瞪口呆，無法作答。本來這種批評，無事生非，何況韓愈寫的本篇，據理論事，前分律、經、典三段，後尾抱前，婉曲顯快，反反覆覆如同大海囘風，層層波浪，一波未平，一波復起。盡是設疑是非兩可之詞，讓讀者自己去鑒別、選擇。別具文體的一格。值得我們去熟讀深思。

其實，避諱的眞正目的，是使後世子孫緬懷祖德，印深印象。決不如前面幾節所說的，在無理取鬧。有些不得已的情形下，也曾出現過不少規避的手法，最顯著的一個事例，便是淸仁宗的自己改名，這種權宜做法，值得喝采，現在詳述於後：

我國宗法社會，家族的世系觀念，根深蒂固，子孫繁衍的氏族，往往在班輩排名時，崁入相同字在名字中，以便識別，皇族當然也不例外，例如淸高宗乾隆帝，生子：永璜、永璉、永璋、永城、永琪、永瑢、永琁、永珵、永琰、永琮、永琪、永璟、永璐、永璘等，還有三個兒子，生下來便不育，沒有來得及命名，總共是有十七人，後來永琰嗣位，是爲仁宗嘉慶皇帝。如此一來，首先要避諱的，便是他的十六位兄弟，牽涉當然很廣泛，但意外的，却是永琰改名「顒琰」，這個「顒」字我們平常很少用到，不像「永」字隨處可見，避起來也怪麻煩的。這便是因避諱而產生的再避「諱」。如果我們持這種看法來談避「諱」，那麼，韓愈因勸李賀考進士而受謗，就更顯得議論者的「無理取鬧」了！何用他自己再來答辯？

閒話「祭十二郎文」

閒話「陳情表」文中，曾經談到，有人從情文並茂的角度，品評古文，認爲出師表敎忠，陳情表敎孝，祭十二郎文敎慈，皆出自肺腑，讀其文，能不受其至情感動者，不算是性情中人。雖說得有點過火，確也是實情。

談到祭文的製作，不外韻文和非韻文兩種，體裁上槪可別爲三大類：一、取法詩經、離騷，通篇用四字一句組成，或者採用四六駢文體的方式。二、純粹用散文紀敍寫成。三、兼具駢、散兩體，但仍能保持韻文的特色等。例如過去秋祭國殤的祭文，多援用雅騷四字句，或駢體四六句的體裁；弔古戰場文，是用駢散兼具體，祭十二郎文，則純粹使用的散文體。

流傳到現在的「韓昌黎先生集」中，多半是義正詞嚴的宏文，尤其像「師說」「進學解」「原道」「原毀」等「學究」氣甚重，類似「祭十二郎文」這樣的率性純眞之作，稱得上之「鳳毛麟角」。既沒有「道學」面具，更褪了「說敎」外衣，淋漓盡致，盡情發揮。加上他才華洋溢，格調彌高，衷曲係發自肺腑，內涵豐厚，使人讀了，不但深受感動，一掬同情之淚，的確是千古傳頌的好文章。所以有人評論說：「情之至者，自然流爲至文，須想其一面哭一面寫，字字是血，字字是淚。未嘗有意爲文，而文無不工，祭文中的千古絕調。」實在沒有過譽。

按作者韓愈，字退之，鄧州南陽人，也便是今天的河南省南陽縣。他的祖父韓睿素，做過桂州都督、長史、朝散大夫等官職，生有四個兒子，他的父親是老大，名叫仲卿，做過縣令、秘書郎等職，只可惜睿素和仲卿都是才高命薄，韓愈的父親和叔父等四兄弟，都是由錢氏祖母一手帶大的。偏是仲卿也在韓愈三歲時，便和他的太太一齊撒手人寰，韓愈上有三兄弟，他是依靠長兄韓會長嫂鄭氏夫人長大的。也便是十二郎的親身父母，這兩個形同兄弟的長姪幼叔，自幼所建立的純篤情誼，當然不難想像。八歲的時候，韓愈跟隨兄嫂和十二郎，同去陝西，十歲時，又因長兄得罪宰相元載，貶爲韶州刺史，也便是今天的廣東曲江。不到二年，長兄因氣憤所致，以四十二歲的英年，死在曲江任所。鄭氏長嫂實在是位了不起的女性，不避任何艱辛，居然把韓會的棺木，能從韶州運回河南沁陽歸葬，同時單獨負起韓愈和十二郎叔姪兩個孤子的敎養責任。後來，藩鎭李希烈、朱滔、王武俊叛反，中原不靖，鄭氏又帶他們叔姪倆，到安徽宣城避難。便是文中所謂：「嫂嘗撫汝指吾而言曰，韓氏兩世，惟此而已。汝時尤小，當不復記憶，吾時雖能記憶，亦未知其言之悲也。」的時候，祭文中用嫂氏之言，引出當時情景，撫今追昔，淒絕夢魂何處，倘若不是親身遭遇，是無法描繪得出來的。使人讀了，如同身歷其境，說成祭文中的千古絕調，是絲毫沒有誇大和過甚其詞的。

談到文章的寫作技巧，似乎不能忽視「行氣」和「流暢」，使人產生「一瀉千里」和「咄咄逼人」的感慨。像本篇中的：

「汝病吾不知時，汝歿吾不知日，生不能相養以共居，歿不能撫汝以盡哀。斂不憑其棺，窆不臨其穴。……」

連續用不知、不能、不憑、不臨、不與等字眼，一氣呵成。練字總句，到了爐火純青的境界，正是我們應當多多學習揣摩的地方！

閒話「捕蛇者說」

朱熹對唐代韓、柳兩家的文章，有過精譬的見解，認爲韓文議論正、規模大，但不如柳文的精密；柳文議論高古，但不如韓文的醇正。其實，韓、柳各具特色，無法相互比較，源流不同，筆法各異，大抵韓文得自古文及六藝，受孟子揚雄的影響很大，柳文則間出於國語及春秋諸家，受孔子的影響較深。何況柳氏精於小學，熟讀文選，用字稍新，選材亦廣。尤其是他的「寓言」和「遊記」，是從先秦諸子以後的一大宗師，遠非別人所能企及。他的寓言最著名的，像蝜蝂傳、三戒等，都是十分有深度的傑作。其像永某氏之鼠、黔之驢，臨江之麋等篇，不但妙趣橫生，內涵豐厚，並且還滲和了許多經國濟民的大道理，使人能發出會心一笑。不過這幾篇都沒有被古文觀止選中，本篇是由「檀弓」孔子過泰山側的一段，演繹而成。不但沒有失其原韻，相對的，更能刻畫出「苛政猛於虎」的事實，意在言外。由此一小段文章，却能登出如許大的議論，必先得孔子「苛政猛於虎」一句，然後有一篇之意。前後起伏，抑揚轉合，含有無限悽婉，悲傷不盡之思。若轉以上聞，所謂：「言之者無罪，聞之者足戒。」寓言能寫成「如此這般」，已到了出神入化之境，能在唐宋名家中，推爲寓言寫作高手，這份榮譽，並不是憑空得來的。

柳宗元，字子厚，是河東蒲州人，也便是今天的山西永濟縣人，生在代宗大曆八年。他的七世祖柳慶，在北魏時曾任侍中，封濟陰公，曾伯祖柳奭在唐太宗貞觀年間，做過吏部尚書，高宗永徽二年，做過「同中書門下三品」，按照隋唐官制，中書令、侍中、尚書令及僕役，稱爲三省長官，就是宰相。後來因爲不願將這些官位輕意封拜，於是便從其他官職中選拔，特別在尚書省官員中，挑出能力較強的，擔任宰相。又因爲他們原來的官職不高，這才另外列出一個名目叫「同中書門下三品」，來加以區別。實際上便是行的宰相職權。到了代宗時，中書令、侍中都已升到二品，「同中書門下三品」當然也變成了「同中書門下二品」，就改稱爲「同中書門下平章事」了。可知柳宗元的先祖，都居於宰輔的高官，有很好的背景。後來由於許敬宗誣指奭與褚遂良結黨營私，諫阻立武則天爲皇后，遭武氏的嫉恨，武后當權時被殺。然而他的祖父察躬，還是做到湖州德濟縣令，父親鎮做過太常博士，曾因博通經典，以文章知名於世。母親盧太夫人，系出名門，深知書禮，宗元生長在這樣的家庭中，又因他又是獨子，所以母親的督教，也更爲嚴切，不過他聰穎過人，四歲時詩賦便能朗朗上口，十一歲時寫成的文章，已受到父執的傳誦，十三歲時，替崔中丞代寫過一篇賀表，看到的人，無不佩服他高逸的才華。祇因後來他捲入了政治的漩渦中，這才使宦途坎坷，被貶到永州困頓十年之久。然而，在此整整十年的放逐生活中，他殫精竭慮，潛心學問，正如韓愈寫的墓誌說他：「居閒益自刻苦，務記覽爲詞章，汎濫停蓄爲深博無涯涘，而自肆於山水間。」此一期間，他寫出不少的精警之作，如像本篇，乃至段太尉逸事狀，斷刑論，封建論等等，或諷喻朝政，或發抒己見，深得清逸雋美之旨，流傳千古。然則他的被放逐，站在文章能影響後世的觀點來說，又何嘗不是：「塞翁失馬，安知非福。」呢？

閒話「嚴先生祠堂記」

嚴先生是指嚴光，號子陵，又名遵，後漢書嚴光傳，說他是會稽郡、餘姚人。太平清話則說他是新野人，避亂遷到會稽的。後一說法，有其他書册可以印證，大概比較可靠，不過說是會稽人，也並沒有錯，倒是兪成「螢雪叢說」指出，子陵本姓莊，稱莊光。因爲光武帝劉秀傳位給孝明帝劉莊，卽史稱顯宗皇帝。子陵要避帝諱，才改爲嚴姓，也有人稱他莊光，嚴光便是莊光，是一般人甚少注意到的事情。

嚴光和漢武帝劉秀，少時一同遊學，等到光武身登大寶，忽然想起這位兒時的伴侶，派人召喚的時候，他不願應召，馬上改名換姓逃離家鄉，讓使者撲了個空，然而光武帝仍舊沒有放棄找尋他的念頭，下令繪畫形狀，多方打聽，終於在齊國境內，發現一位可疑人物，反披着羊皮袍，在水邊垂釣。消息傳到皇帝耳中，光武喜道，大概是嚴光不會錯了，連忙差官前去問訊，往返了三次，子陵才答應隨同差官前來京師，見光武皇帝。

司徒霸原也是子陵的舊交，本想在朝謁途中，先請到他家中稍停，託侯子道轉達，子陵乘便問道，司徒霸一向瘋瘋顚顚的，現在怎麼樣？侯回答說，現在已是高官厚爵，福至心靈，沒有什麼不妥。子陵笑道，恐怕不盡然。你想，武帝五次三番召喚，我恐怕使者作難，才勉強答應前往，想要先去拜他，豈不是有點瘋顛？竟一口拒絕。

到了行館，子陵只是貪睡，不肯朝謁。光武無奈，只好親幸行館，看他假裝睡覺，便撫着他的肚皮說，咄！咄！子陵，難道就不肯幫我的忙啊？過了一會兒，子陵才睜看眼睛，回答道，人各有志，何必苦苦相逼呢？皇帝知他的意志堅決，不願爲官，便不再勉強，歎息登車而去。

後來，又邀子陵到宮中遊賞敍舊，晚上就同臥在一張床上，子陵睡態不好，往往會把脚，擱在皇帝肚皮上，第二天早朝時，欽天監奏道，客星犯御座，請陛下留意。光武笑道，只不過寡人和舊友嚴子陵同臥罷了！聊了兩天，子陵堅決要返鄉，請他擔任諫議大夫也沒有應命，匆匆回到富春山下，躬耕爲食，過着淡泊的生活。後人爲了紀念他高潔的操守，便將當時垂釣的地方七里瀨，改爲「嚴陵瀨」。宋代范仲庵，景祐初典桐廬郡，乃以從事章岷，在釣魚台旁，建立嚴先生祠，本篇便是記此而作。

本篇原爲題嚴子陵祠堂，却將漢光武帝拉出來，兩相照應，作一番對比。末了以歌作結，歌頌子陵，回到正題，最有體格，無怪，陳善在「捫蝨新話」中指出，晉無文章，惟陶淵明歸去來辭一篇而已。唐無文章，惟韓退之送李愿歸盤谷序一篇而已，宋無文章，惟范仲淹嚴先生祠堂記一篇而已。三朝，每朝一篇代表作，本篇乃是宋朝代表作，其文之受人推重，於此可見。

葉夢得的「石林燕語」提到，范公的嚴祠堂記寫成後，請李泰伯看看，泰伯讀完，不禁三歎，認爲是稀世之作，不過也沒有十分恭維，却正色的說，我想斗胆更改一個字，范馬上肅然請敎，泰伯道，雲山蒼蒼，江水泱泱，意義非但廣濶，詞句也很博大，用它來比諭嚴先生的德行，未免以小況大，好像不稱。所謂「君子之德風」，如果易「德」爲「風」字，意境彌高，便不像德字那麼偏狹。范公聽了，凝神靜思後，表示由衷的欣服，感激得幾乎要下拜。這種「不輕着一字」，泰伯也算得上是「一字師」了！

對子陵褒揚的人，固然不少。然而，唱反調的，也不是沒有。像唐代詩人杜荀鶴，這位杜牧的微子，曾因恃勢侮易縉紳，幾遭殺身之禍的名士，經過釣台時，有詩曰：

唯將道業爲芳餌，釣得高名直至今。

分明譏諷嚴的高風亮節，一文不值，落得個「沽名釣譽」的評斷。也便是「釣譽」的典出處。

其他像，劉後村的：蓑衣亦堪釣；何必披羊裘。袁綏的：先生釣魚兼釣名，袁子才的：一着羊裘便有心；虛名傳說到如今。大都持論偏激，甚至有人說他不仕，乃是藏拙，眞是越說越離譜了！大抵「文人相輕」，自古已然，不免產生酸葡萄之心理而已！

關於題詠釣台和嚴祠堂的詩，實在是太多了，沒法逐一介紹，有兩首比較突出而風趣，現在抄錄如次：

某公卿夜過釣台，題詩云：

君爲名利隱，我爲名利來；羞見先生面，乘夜過釣台。

通俗渾成，俚句入詩，能自訴衷曲，可謂不俗。

又；相傳有一樵夫，樵採過釣台，見滿壁詩詞，不免技癢，也想效顰，一時又沒有筆硯，只好用松枝，燒炭作句，信手塗抹道：

好笑嚴子陵，可憐漢光武；子陵有釣台，光武無寸土。

後來，有一位名士過釣台，看了釣台前後左右所有的題句，認爲這首打油詩，平實而含意深遠，足當首選。文章本天成，此與目不知書的錢武肅王，寄夫人信中的話：「陌上花開，可緩緩歸矣！」韻味無窮，雖碩學名士手筆，無復過之，實有同工之妙。

回過頭來，再談祠堂的構築，從本篇字面上推敲，當係范文正公仲淹所建。山野錄則有一段記敘，原文是：

范文正謫睦州，過嚴陵祠下，會吳俗歲祀。里巫迎神：但歌滿江紅。有……湘江好，洲漠漠，波似染，山如削。繞嚴陵灘畔，鷺飛魚躍……之句。公曰：吾不善音律，撰一絕送神。曰：

漢包六合網英豪，　一個冥鴻惜羽毛；
世祖功臣三十六，　雲台爭似釣台高。

吳俗至今歌之。

按照此說，則嚴先生祠堂，原已有之，范公僅是重加修葺而已！不過，無論如何，他總是加深後人對嚴子陵印象的功臣，是誰也沒法否認的。

閒話「岳陽樓記」

岳陽樓在湖南省岳陽縣的西門城樓上，本不算是什麼赫赫名勝古蹟，可是由於范仲淹這篇岳陽樓記，膾炙人口，結尾的兩句警語：

先天下之憂而憂；　後天下之樂而樂。

更是全篇重心，爲世所傳頌。連帶的，使原建此樓的張說，重修的滕子京，甚至這座岳陽樓，都因此流傳下來，千古不朽。

其實，這兩句話，出於孟子，在梁惠王章句下，第四章中的原文是：

……樂民之樂者，民亦樂其樂；憂民之憂者，民亦憂其憂。樂以天下，憂以天下。……

范仲淹用它來做進一步的闡述，分開輕重緩急，排出優先順序，使原有章句，內涵更加豐富，意義更爲積極，畫龍點睛成了一句格言。我想，縱然是孟子復活，對梁惠王章句的如此加強，也會歎服不置的。

這兩句耐人尋味的警語，對後世所產生的影響，無論是直接或者是間接的，竟會那麼深遠而突出，也許可從下面片斷的章節敘述裡，找到一些印證。

岳陽樓原是唐岳州刺史張說所建，宋時已殘缺。滕子京由司業貶爲巴陵郡守，治事暇日，孜孜於風化，注意到政事細節，所以修復岳陽樓，又在夾樓的四壁，增刻唐宋名家所題的詩賦，落成後請范仲淹作文爲記，再經蘇子美書丹，邵餗篆額。鐫石以垂久遠，當時號稱「四絕」。便是指滕子京在巴陵郡的治績第一，范仲淹的這篇大作和蘇書邵篆，都是一時之「最」，別人都無法比擬。然而，由於范文更加精警，光芒四射，爲世所貴，使得其他三絕，顯得黯然失色，滕子京本人的名字，尙可以在文中找到，蘇書、邵篆，更少有人知，根本不曾享受到應得的榮譽。未嘗不是受范文掩蓋的結果。

本文作者范仲淹，字希文，江蘇吳縣人，幼孤貧，靠母親督教成立，秀才時，便以天下爲己任。慶曆中，官龍圖閣直學士，後來一直做到宰相，是宋朝的名臣。西夏趙元昊反叛，他正守延州，奉旨經略陝西，拜安撫招討副使，夷狄聞風喪胆，不戰自退。羌人尊爲「龍圖老子」，西夏稱他「小范老子」，邊患得以寧靜。他創設義田，濟貧恤孤，建立規模。死後謚法「文正」，稱得上是殊榮。然而，這些偉業豐功，反而不比上面兩句警語，更能傳世。

左傳說，太上有立德，其次有立功，其次有立言。疏稱，此三者，雖經世代，當不朽腐。范文正公，立德次於立功，立功次於立言，實在是項奇跡。

滕子京，河南人，名宗周，亦作宗諒。與范同爲大中祥符八年進士，兩人交情十分深厚。范曾經做過宰相，邀他做篇記敍修閣的文章，自然是十分恰當，不過，滕的雄才大略，號爲能吏，反而不能流名千古。倒是范文的引述，使他的「治績第一」美譽，成了流傳後的點綴，實在是夠諷刺的了。

最富傳奇性的，還是這兩句警語，對文正公後世子孫影響的多采多姿，現在分述如次：

范純仁辭官上書，他的頂頭上司，正好是歐陽修。歐公批駁辭呈時特別指出，先天下之憂而憂，後天下之樂而樂，既是文正遺訓，你豈可置之不顧，自尋安樂，貽辱先人？說得純仁啞口無言，辭官事只好作罷！

范希榮棄學從商，與友人結伴，遠出貿易，途中遇到暴客，將貨物掠刼一空。強人見他手中握有書卷，問他是不是秀才？希榮答道，我是范文正公的裔孫，那能不讀書？暴客立刻改容說，好人家的子孫，應當受到尊敬。連忙將擄掠到財物中，屬於他的一部份，退還給他。

石田雜記也說，范仲庵的裔孫范從文，明洪武朝代，官拜監察御史，有一次違背皇帝旨意，問成死罪。太祖查詢說，你是不是范文正的後人？當知道他是文正十二世孫柔之的嫡流後，太祖馬上命人取帛五方，每方均親書：「先天下之憂而憂；後天下之樂而樂。」賜給從文說，拿這五塊帛，可免你五次死罪。後來從文五次忤逆聖旨要殺，均用此帛抵罪，才能保全，免得殺身之禍。又豈是文正公當時所能逆料得到的？

閒話「相州晝錦堂記」

歐陽修對韓琦，有着由衷的仰慕，曾經有五言詩句，曰：

累百歐陽修，　何敢望韓公。

當時韓琦爲宰相，歐陽修在翰林，本篇一出，以歐的詞藻富麗，闢論精確，與韓魏公的光耀照人，豐功偉業，相互輝映，所以當時有「天下文章莫大於是」，指出所謂相州晝錦堂記爲天下莫大之文章也。

宋稗類鈔說，歐陽修爲韓琦作晝錦堂記云：「仕宦至將相，富貴歸故鄉。」韓公拿到後，深爲激賞。過了幾天歐陽修又差遣小使，別送一本來替換，說是前面送來的稿本稍有不妥，可換此本。韓再三玩味，沒有什麼異同，僅於仕宦及富貴下，各加了一個「而」字使得文義更加流暢。在附呈的書函中卻說：「但以衰退之文，不稱爲慚。」其謙遜也如此，而他的文章，又如此的精審，眞是夠人歎服的了。

捫蝨新話說，歐陽修作相州晝錦堂記，開頭寫到，仕宦而至將相，富貴而歸故鄉。其後，蘇東坡作韓愈廟碑記，起句也寫成：匹夫爲百世師，一言而爲天下法。便是倣效歐的筆法，歐語工於敍富貴，蘇語工於說道義。各有千秋，皆是以其人而談其事，道盡生平事實，如不是筆墨有力，是不能達到這個境界的。

鶴林玉露以爲，大凡應大變，處大事，必定要定靜凝重。如周公之赤舃幾幾是也。漢武帝因不轉步認識霍光，因不轉步認識金日磾，也正是看到他的能靜、能夠凝重的地方。所以才能預料到將來可以託孤寄命。韓魏公的凝重，正是如此。

宋史、韓琦傳中，曾引用歐陽修在本篇中的敍述說，「垂紳正笏，不動生色，而措天下於泰山之安。」可見歐的觀感，已成爲韓魏公的定評，因此，本篇的深受世人推重，不是沒有原因的。

曾南豐認爲，文中「來治於相」一句，來字似乎嫌多，後人則譏笑他的評論粗淺，因爲刪去「來」字，便使治字無所依附，韻味全失，足見批評一件事物字句，不但要具備學養，更要仔細推敲豈可胡言亂來。

史記、項羽本紀說：「富貴不歸故鄉，如衣錦夜行。」有人譏評這句話的解釋是沐猴而冠，不足爲訓。然而漢高祖的「大風歌」，唐太宗之武功慶善宮之詠，朱買臣的論謂，都以此爲依歸，足以說明這是大多數人的見解和願望，又那能多加責吹毛求疵呢？

王若虛說：「歐陽修畫錦堂記，大體言來，固然不錯，然而辭句困拙，而氣勢短促，頗多裝點之嫌，名堂之意，不能出脫。等於出題目罵街。未免是苛於責人。也許，有人指出來，說文中節錄韓句，以快恩仇矜名節爲可薄，而以昔人所誇耀者爲戒。既在詩中，又何必複述？其實，正是一篇重心之所寄，因加強語意而指出，所謂詩文各別，那有混爲一談的道理。這些指責實在令人不敢恭維。總之，文人相輕，自古已然，却無一人懷疑歐陽修在文壇上的地位，甚至，若干有識之士，也多不贊同這類苛責，是非之辯，於此可見了。

按韓琦，宋，安陽人，歷仕仁宗、英宗、神宗三朝，與富弼同稱賢相，封魏國公，世稱爲韓魏公。

閒話「豐樂亭記」

「豐樂亭記」與「醉翁亭記」，同是歐陽修的著作，兩篇的寫作時間，相距不過二年，在同時、同地、同一著者的情況下，所寫同一性質的紀敍文，立意竟然完全不同。醉翁亭記刻意描寫山水的秀麗，就作者是爲政的太守身份來談，未免趨于消極，隱約中顯見出爲了貶官所感受的哀怨，也許由於文體結構上的特殊技巧，使人能轉移目標，從內容的推敲，移轉到文字技巧上的欣賞，一種似散非散，似排非排，似歌非歌，似賦非賦的創格。豐樂亭記便不同了，正好像和醉翁亭記，站立在反對方向，不但意識上鮮明而積極，寫出太守與民同樂，休戚相關的懷抱，更進一步的追溯到從前的兵燹災亂，與今日的國泰民安，不但是朝廷的功德，休養生息所致，也正是滁州人民必須深切體念，得來不易的辛勤果實。立言旣濶大，襯托出太守治理政事，關懷民漠的責任，未嘗沒有撫今追昔，感慨繫之的內涵。

本篇能在平淡中蘊蓄着意味深長的歎息，是歐陽修的許多記敍文中，較爲特出的一篇。尤其是他那簡鍊的筆觸，更能充份發揮得淋漓盡致。

劉斧「摭言」談到，歐陽修守滁州，轄境稼禾豐收，又絕少公事，家家飽暖，戶戶安樂，豐樂亭的命名，實寓此意。

歐陽修寫給韓忠獻的書函中，曾二度提到他在滁州的情形，形容成地僻事簡，飲食之物，奉親頗便。又說，今年淮甸大雪，來春二麥有望，若人不爲盜，而郡縣無事，何幸如之。分明在做太平官。所以他在紀敍文中感激念朝廷功德，也是發自內心，並非巧言搪塞的假意恭維。而這種感受，更不是未曾身受亂離苦難的人能憑空想像，描繪得出來的。

據說，歐陽修是爲了甥女張氏的閨門事，受到牽連才貶謫到滁州的，無非是受小人的搆陷，有意中傷。本是件極不愉快的事，但却能以兩亭記流傳千古，反獲小人的成全，害之反愛之。所謂「塞翁失馬，焉知非福。」如果拿寫豐樂亭記來做例證，可說是一點也不含糊。

閒話「醉翁亭記」

本篇是體裁十分突出的記敍文。通篇用二十一個「也」字，每一「也」字，自成段落，換句話說，全文共分二十一段，實在是篇可遇而不可求的傑作。

太平清話說：「歐陽修醉翁亭記用也字，王荆公度支郎中葛公墓銘亦用也字，不知是誰學誰的。殊不知皆是從孫武十三篇中學來的，孫子行軍篇，連用四十四個也字，文體與醉翁亭記差不多，實在是歐公所自祖。歐集附錄事跡，說醉翁亭記、眞州東園記，創意立法，前世未有其體。實在少見多怪，是因爲沒有讀過孫子兵法的緣故。」

因此，我們應該知道，除醉翁亭記用廿一個也字外，還有王安石的葛公墓銘，和孫子行軍篇，也都是連用也字的篇章。一旦談到這話題時，不致被人譏爲無知，也是好的。不過，根據稗史的流傳，歐文的連用廿一個也字，實出於錘鍊時，偶然的興會，並非有意爲之。據說，歐陽修平日作文，必先將文稿，黏在窗口，反覆吟哦，文稿往往數易，必待瑕疵盡去，才算定案。一篇脫稿，常常要花費一月半月的時間，可見他簡鍊揣摩工夫之深，寫作態度的謹嚴了。本篇曾經五次易稿，甚至鐫石後，還做過字句重組，不得不重新刻石。這種一絲不苟的態度，才眞正是值得我們效法的地方。

初稿首敍滁州四面的山名，約數十字，後來才改用「環滁皆山也」五個字來概括，一筆輕輕帶過。易稿至第三次，才粗具也字連用的形態，到最末第五次定稿，才正式出現連用廿一個也字結尾的形式。確是經過千錘百鍊而成，惟其如此，後來王安石還批評他的意猶未盡，應當在：

禽鳥知山林之樂，而不知人之樂；

下面增加一個也字。另闢一段落。也很有些人，具備相同的看法，雖說是吹毛求疵，由此也可知簡鍊的困難了！後來這篇大作刻石後，又將「泉冽而酒香」，字句重組爲「泉香而酒冽」，一經更易，意境全非。可謂初寫黃庭，恰到好處，就不能不佩服歐公鍊句工夫的爐火純靑了！

歐陽修，字永叔，宋廬陵人。舉進士甲科，仁宗時，知諫院，爲人剛正無私，嫉惡如仇，屢次上疏，指摘群邪，奸人常常想法子要除去他，慶曆五年，終爲受到流言的誣陷，貶知滁州，本篇便是他在滁時所作，灰心失意，寃屈難伸，只有自號「醉翁」，縱情于宴遊和山光水色，來做消極的抗議吧了！其實，歐公貶守滁州，年方四十，稱得上是年富力強，既不會醉，更不能稱翁。這種聊以解嘲的自諷，到後來，他自己也感到有些過火，在題醉翁亭的五言詩中，便曾明白的詠道：

四十未爲老，　醉翁偶題篇；
醉中遺萬物，　豈復記吾年。

詩的結尾又說：

山花徒能笑，　不解與我言；
惟有巖風來，　吹我還醒然。

可知他是如何的「傷心人，別有懷抱！」了。

晚年，他更覺得自號「醉翁」有些不妥，才改稱六一居士，所謂有藏書「一」萬卷，集古碑帖「一」千張，「一」琴，「一」鶴，棋「一」局，居士「一」人，共有六個「一」，而成了六一居士。

醉翁亭的建造，是歐公出的主意，山僧智仙出錢出力，鑿琅琊幽谷泉，建造而成。再由歐公書丹來刻石爲記，以遺後世的。從宋、元、明、清迄今，屢廢屢建，眞是歷盡滄桑，據說金時，曾遭火焚，明時又遭到兵燹，現存的醉翁亭，是清朝時所修建成的。

閒話「秋聲賦」

唐宋以來，寫過「秋聲賦」的人不少，李德裕的李文饒文集、劉禹錫的劉夢得文集，都用過這個文題，連同歐作，已鬧了三胞胎，如連張文潛的秋風賦也算上，更是扯不清總共能找出幾多篇來。

然而，李、劉的秋聲賦，不脫前人的臼窠，沒有什麼特別的地方，甚至張的秋風賦，是完全倣效歐賦做成，更談不到比較了。惟有本篇，駢散兼行，有很多的創意，所以能夠穎脫而出，傳誦到今天，實非無因。

周必大曾經爲文指出，歐陽修作文，習慣將它黏在壁間，朝夕改定。就他所見到歐公親自書寫成的秋聲賦原稿，竟有五六篇之多，用字往往不同，足見已經過數度修改，這種一字不苟的作風，和治學的態度，實在使人敬佩。

呂氏家塾記也談到，歐陽修每寫成一篇文字，必定先行自加删改，甚至到了最後，改得原稿一字不賸，其審愼的作文態度，爲任何人所不及。他寫好的文章，往往黏在屋壁，進出屋宇，必佇立觀看沉思，一有不妥，馬上删改。連一個最簡單的便條，也先起草，看無大碍後，再行謄正，決不輕率。便條尚如此，文章就更不用談了。

本篇起句，歐陽子方夜讀書，習慣的解釋，歐陽子是歐公自稱，方夜讀書，是正在夜晚上讀書的意思，然而，另有別說，歐陽修別號子方，文中歐陽子方遂成人名，斷句的方法，根本有了變化，一是上三字下四字，一是上四字下三字，仔細推敲後一種說法，未免牽強附會，有標新立異的嫌疑，不但歐公此一別號，他處沒有見過，甚且有些刻本上，形成歐陽子，夜讀書根本沒有「方」字。還有人說歐的初稿是余夜讀書，歐陽子、歐陽子方，是經過數次改易後，才成立的，因此，我們不妨假定，所謂子方爲歐陽修別號的說法，分明是胡扯。

王若虛指出，賦中的：「……又如赴敵之兵，銜枚疾走，不聞號令，但聞人馬之行聲。」多一個「聲」字。後人譏笑是皮相之見。因爲銜枚所以止喧嘩也，枚形似箸，兩端有小繩，銜於口而繫於頸後，則不能言，文中三喻連下，虛狀秋聲，刻意描寫，一旦脫去一個「聲」字成爲但聞人馬之行，豈不距題意太遠，韻味全失？

秋聲本係無形，却能寫得形色宛然，變態百出，不能不佩服設聽的奇特，妙用生花之筆，側擊旁敲，使人不覺其空洞，轉諭人的憂勞，從幼及老，正如物之變易自春而秋，引入正題，使悲秋之意，溢于儀表。最後用蟲聲唧唧作結，扣定「秋」

「聲」，點綴出有餘不盡之思，光景宛然，令人嘆服不置。

歐陽修的記敍文，實在有他獨到之處。爲旁人所無法企及。本篇以抒情筆法，描繪出無形的秋聲。其中：

「星月皎潔，明河在天；四無人聲，聲在樹間。子曰：噫！噫！悲哉！此秋聲也。」

把秋天寫得可聽可聞，呼之欲出。使得蕭瑟凄愴的秋夜氣氛，和盤托出。實在夠人佩服的了！無怪乎當他年事已高，正逢天氣嚴寒，猶孜孜不倦於深夜寫作時，薛氏夫人勸他說：「何自苦如此，尙畏先生嗔耶！」歐公笑答道：「不畏先生嗔，却怕後生笑。」可見他治學態度，是如何的一絲不苟了！

閒話「辨姦論」

蘇洵的「辨姦論」選入古文觀止中，附有一段註解說：「介甫名始盛時，老蘇作辨姦論，譏其不近人情，厥後新法煩苛，流毒寰宇，見微知著，可爲千古觀人之法。」實情如何，王安石是否正如辨姦論說的那樣，一文不值呢！在未引入正題以前，請先看兩段抄摘的前人筆記，作爲開場。也許可以從而間接說明，寫本文的立場。

清人李紱「穆堂初稿」中，有段「辯姦論」的讀後感，爲了存眞起見，特抄錄原文於次：

「考荆公嘉祐之初，未爲時所用，黨友亦稀。嘉祐三年，始除度支判官，上萬言書，並未施行。明年，命修起居注，辭章八九上，始受知制誥，糾察在京刑獄。旋以駁開封尹失人，爲御史舉奏，又以爭舍人院，申請除改文字，忤執政，遂以母憂去，終英宗之世召不赴。乃云嘉祐初黨友傾一時，誤亦甚矣。以荆公爲聖人者神宗也。命相之制辭，在熙寧二年，而老泉卒於英宗治平三年，皆非其所及聞也。

又考文定鎭益州，已爲大臣，老泉始以布衣見之，年又小於文定，其卒也官止丞簿，而墓表以先生稱之，北宋風氣近古，必不爲此。曾文定爲二蘇同年友，其作老泉哀辭，直稱明允，乃伉直如張文定，反謙抑過情如此，疑墓表與辨姦，皆邵氏於事後補作也。

老泉之卒也，歐陽公誌其墓，曾子固爲之哀辭，且子固謂，誌以納之壙中，哀辭則刻之墓上，是既有哀辭，不應復有墓表矣。墓表有蜀無人之語，而東坡謝書又云秦無人，辭既重複，文氣又相類，則亦邵氏所贋作耳。若夫收召好名之士，不得志之人，相與造作言語，以爲顏淵孟軻復出，則荆公本傳與荆公全集俱存，並無此事，荆公執政之後，或有依附之徒，而老泉已沒匪能逆知。若老泉所及見之荆公，則官卑跡遠，非有能收召之力，吾不知所謂好名而不得志者果何人。夫人之作姦，必有所利而爲之，荆公生平以皐夔稷契自命，千駟弗視，三公不易，此天下所共信者，復何所爲而爲姦。

或謂蘇氏尚機謀而薄經術，故老泉以荆公爲姦，喜放達而惡檢繩，故東坡以伊川爲姦，辨姦之作，容或有之，情其論不足憑耳。」

照李紱的看法，老蘇的「辨姦論」和張方平的「蘇洵墓表」，都是「邵氏見聞錄」中一手遮天的僞撰。

要研究這個問題，仍得先將「書後感」中若干部份，加以銓釋，才不致產生隔膜。

張方平，謚文定，嘉祐時已官居尚書，比曾鞏、王安石輩，無論年齒、官爵、行輩要高出甚多，其博學強記，聰穎絕倫處，宋綬蔡齊以爲天下奇才。高齋漫錄中曾經談到，張文定少時，曾經向友人借閱十七史，一個多月後卽行歸還，說已經看完，可見其天分之高。他的文章淸遠雄麗，蘇東坡序其文集時，大爲贊服。可是這篇「蘇洵墓表」，若干地方，脫節、重複，不成文法，自然使人懷疑，是否爲張所著了。

曾鞏和蘇東坡、蘇子由誼屬同年，曾字子固，死後也謚文定，書後感中所指的曾文定、子固，都是曾鞏一人。

「書後感」末段，或謂蘇氏尙機謀而薄經術……，是根據葉夢得「避暑錄話」寫的，原文是：

蘇明允本好言兵，見元昊叛，西方用事久無功，天下事有當改作，因挾其所著書，嘉祐初來京師，一時推其文章。王荆公爲知制誥，方談經術，獨不喜之，屢詆於衆，以故明允惡荆公甚於仇敵，會張安道亦爲荆公所排，二人素相喜，明允作辨姦一篇，密獻安道，以荆公比王衍盧杞，而不以示歐陽文忠。荆公後微聞之，因不樂子瞻兄弟，兩家之隙，遂不可解。辨姦久不出，元豐間，子由得安道辟南京，請爲明允墓表，特全載之，蘇氏亦不入石，比年少傳於世。荆公性固簡率不緣飾，然而謂之食狗彘之食，囚首喪面者，亦不至是也。

追本窮源，王安石所遭遇的毀謗，以「邵氏見聞錄」書中所載爲最多，其他尚有「涑水記聞」及「溫公瑣語」，乃至「神宗實錄」等，也多有毀謗王的地方。「涑水記聞」及「溫公瑣語」是司馬光的著作，司馬和王二人政見衝突，有所攻訐，是情埋之常，「神宗實錄」乃范祖禹、黃庭堅等所修，立論偏頗，有欠公允，早爲時人詬病，陸佃公曾斥爲「謗書」。不得已，才略予修改，改幅不大，無非虛應事故而已！「邵氏見聞錄」一本北宋時邵伯溫所撰，但原書於宋高宗紹興二年，始由他的兒子邵博編定行世，邵伯溫和司馬光、王安石同時，記載應當可信，但等到邵博編定行世，當時天下正薄荆公而厚司馬，邵博希望迎合潮流，顯親揚名，有先見之明，也是人情之常。何況書之眞僞，除邵氏父子二人無由分辨，足爲邵博當時的政治出路，留進身之階，也是事實。雖時人一再指陳，書中之妄，不能作爲依據。不幸的是朱熹的「三朝名臣言行錄」中，引用了這些書中的資料，積非成是，成了後來編撰「宋史」，寫王荊公列傳的張本。實際上說起來，朱熹的失察，是不能辭其咎的。

至於上述書中的引述，是否有乖謬，現在次第分析於後：

邵氏聞見錄：「眉山蘇明允先生，嘉祐初遊京師，時王荊公名始盛，黨與傾一時，歐陽文忠公亦善之，先生文忠客也，文忠勸先生見荊公，荊公亦願交先生。先生曰，吾知其人矣是不近人情者，鮮不爲天下患。作辨姦論一篇，爲荊公發也。」

方勺、泊宅編：「歐公在翰苑時，嘗飯客，客去，獨老蘇少留，謂公曰，適坐有囚首喪面者何人？公曰，王介甫也，文行之士，子不聞之乎！洵曰，以某觀之，此人異時必亂天下，使其得志立朝，雖聰明之主，亦將爲之誑惑，內翰何爲與之遊乎？洵退，於是作辨姦論行於世。」

實際上，當時王安石爲館職，蘇洵還是平民百姓，歐陽修宴客，王安石「囚首垢面」而往，既與蘇洵同席，終席無言，歐留蘇獨後，蘇便大言不慚，指王之奸，未免冒失。因爲王安石以提點江東刑獄，徵拜館職，是宋仁宗嘉祐四年，但在龔頤正的「芥隱筆記」中談到，嘉祐元年，荊公、子美、聖俞、平甫、老蘇、姚子張、焦伯強同在歐公座，以「黯然消魂惟別而已」八字分韻，作詩送裴如晦知吳江，老蘇「而」字，押「談詩久乎而」，荆公又作而字二詩，最爲工。時在嘉祐元年，何能說嘉祐元年，拈字分韻作詩，嘉祐四年又不認識的道理？

宋史上說王性不好華腴，自奉至儉，或衣垢不澣，面垢不洗。稗史上却便說成終日囚首垢面了。

先人放翁的入蜀記說：「乾道六年七月八日，晨至鍾山道林眞覺大師塔焚香，塔後有定林庵，舊聞先君言，李伯時畫文公像於庵之昭文齋壁，著帽束帶，神采如生。文公殁，齋常扃閉。遇重客至，寺僧開戶，客忽見像，皆驚聳，覺生氣逼人，照寫之妙如此。」

記中所指的文公，便是王安石，因安石封荆國公，諡文，有人稱他王荆公，有人稱他王文公。

放翁的乃祖佃公，便是斥「神宗實錄」爲謗書的有力人物。佃公追隨荆公久，故放翁能自父、祖口述，及寺僧的描述中，知道王荆公的神采，如同畫像中一樣的著帽束帶，風姿不凡。我國向以禮教立國，兩宋不衰，荆公位列相台，著帽束帶，乃必然之事，必欲誣指爲「囚首垢面」以臨朝，以赴宴，毋乃太過乎！

涑水記聞：「初，韓魏公知揚州，介甫以新進士，簽書判官事，魏公雖重其文學，而不以吏事許之，介甫數引古義爭公事，其言迂濶魏公多不從，介甫秩滿去，會有上韓公書者，多用古字，韓公笑謂僚屬曰，惜王廷評不在此，其人頗識難字。介甫聞，以韓公爲輕己，由是怨之。及介甫知制誥，言事復多爲韓公所沮。會遭母喪，服除，時韓公猶當國，介甫遂留金陵，不朝參。」

韓公、魏公，指的都是韓魏公韓琦，爲北宋名相，宋史王安石傳謂，安石行新法，舊派的韓琦、富弼、文彥博、司馬光等反對，因而都遭到罷黜。認爲荆公個性忮刻，出於天性。一個國家的執政，是否能夠容許反對的黨派，左右施政。如果說不能容納，便是忮刻，試問誰能舉出證例，有多少人不忮刻？這且不談，涑水記聞把鷄毛蒜皮事兒，說成王的偏狹，無容人之量，未免不類。下面兩則有關小故事，可以反證涑水記聞的措詞不公。

熙寧八年六月，韓琦卒，有詔以韓琦配享英宗廟廷，當時王荆公正再起用爲宰相，有輓韓兩詩云：

心期自與萬人殊，　骨相知非淺丈夫。
獨斡斗杓環帝座，　親扶日轂上天衢。
鋤耰萬里山無盜，　袞繡三朝國有儒。

爽氣忽隨秋露盡，　漫隨陳迹在龜趺。

又一首是：

兩朝身與國安危，　典策哀榮此一時。
木稼曾聞達官怕，　山頹果見哲人萎。
英姿爽氣歸圖畫，　茂德元勳在鼎彝。
幕府少年今白髮，　傷心無路送靈輀。

韓琦的歷相三朝，豐功偉業，於詩中盡爲包括，荆公以當時宰相之尊，首輔之位，雖爲政敵，猶竭力褒功崇德，何能說他偏狹？

相反的，富弼與韓琦，同爲宋之名相，彼此志同道合，徒以撤簾事，二公意見相左，終身不相往還，韓魏公歿時，富弼竟不肯前去弔喪，俗謂：「宰相肚內好撐船」，不聞有人嚴重指摘富弼，說他忮刻，偏狹。這對王荆公來說，就未免厚此薄彼了。

尤其使人困惑的，所謂「涑水記聞」，對王荆公的諸端攻訐，皆以爲此書是司馬溫公所著，兩公既爲政敵，自在意中，實際上，司馬溫公也揹了黑鍋，傳聞此書乃係西京小守陵閹官所傳，宋人汪應辰的記述，已經詳加說明，無法在此列舉，免得越扯越遠。不過，我們可以指出，元祐元年，王安石歿時，、元豐新法，朝局大后臨朝，起用司馬光爲宰相，盡改熙寧、元豐新法、朝局大變。當時司馬溫公曾著書云：

介甫文章節義，過人處甚多，但性不曉事而喜遂非，致忠直疏遠，讒佞輻輳，敗壞百度，以至於此，今方矯其失，革其非，不幸介甫謝世，反覆之徒，必詆毀百端，光意以謂朝廷宜優加厚禮……

司馬光雖沒有像王安石那樣，替已故的政敵宣揚功業，但對王的不滿，亦僅止於「但性不曉事而喜遂非」而已，認爲因此才使得小人有機可乘，還是建議朝廷對王荆公之喪，特宜優加厚禮。並不如世俗所相像的，使出了渾身解數，類同潑婦罵街，無所不用其極。由此可見，涑水記聞，不可能是「世以清白相承」的司馬光所作。

談到這兒，說得已經夠瑣碎，夠繁雜了。既然有這麼多的誤會和僞作，何以當時竟沒有人肯挺身而出，說幾句公道話，辨別訛誤呢？其中却有個更重要的因素。

我國的處世哲學，向來是採取「中庸之道」，一切在於「循序漸進」，服膺「一動不如一靜」的信條，因此，大凡對于「改革」「翻新」和「更張」，多少存在些「抗拒」和「顧忌」，不願接受。守舊的結果是，王荊公所倡行的新法：農田、保甲、保馬、雇役、方田、水利、更戍、置弓箭手於兩河、青苗、均輸、市易等，都因要改變現狀，使人民感到當時的不便。以及高級從政官員，守舊腦筋的不能容納，造成大多數人反對與不滿。所謂：「衆好衆惡，聖人不能違。」這才使王荊公受到如許衆多的寃枉，有人又利用若干知名之士，如司馬光、蘇洵等過去荊公政敵的名義，僞爲論著來加以詆毀，混淆視聽，增強信念。那裡能夠容忍「保持現狀，就是落伍。」的新觀念來？這才造成王荊公新政的致命傷，受人攻訐，就無法避免的了！

最後，我們談一談，有人指出「辨姦論」並非蘇洵所作的理由。

蘇洵的文集，舊名嘉祐集，共十五卷，淸時，猶有明嘉靖壬申年，太原知府張鏜仿宋翻刻本傳世，民初，商務印書館曾根據無錫孫氏小淥天藏景宋本影印刋行，可以作爲引證。其中並無「辨姦論」其文（按：此書已由商務再行翻印，見人人文庫二三二一及二三二二聯號册）。直到「邵氏見聞錄」出版，始有「老泉集」的出現，共分二十卷，包括原嘉祐集中的十五卷，以及「辨姦論」在內的另五卷文字。因此可以說，辨姦論是邵氏見聞錄出版後才出現的。自然有冒名之嫌了！

閒話「凌虛台記」

也許是「古文觀止」選輯者有意的安排，本篇和「喜雨亭記」，同爲紀敍文，同是談述太守的作爲，又同爲蘇東坡的大作。然而竟是各走極端。「喜雨亭記」把太守捧上三十三天，「凌虛台記」却又把太守說得一文不值。所不同的，喜雨亭記的記敍對象，太守是東坡自己，凌虛台記的記敍對象，太守是陳公而已！

按「古文觀止」的注釋指出，太守陳公，其名不詳，不過，如果我們知道邵氏見聞後錄的記載，便可以揭開此疑團了！後錄中有一段談到：「陳希亮，字公弼，聰明正直。嘉祐中，擔任鳳翔知府。蘇東坡登科，派到鳳翔府擔任判官，先是東坡丁憂母喪服滿，嘉祐五年，回京任職，派往河南府福昌縣當主簿，感到有些失望，便在嘉祐六年，又趕回京師，參加朝考，這次是當面口試的「對制策」，他考了個「三等」，據說，這是份難得的殊榮，自宋朝開設「對制策」科以來，僅有東坡和吳育兩人，考中三等。因此，當他到鳳翔任判官時，府中的官吏，大都叫他「蘇賢良」，敬佩他能考中「三等」，這一稱呼傳到陳太守耳中，馬上把府吏叫來處罰一頓，並且告誡他說，蘇東坡是判官，判官就是判官，什麼賢不賢，良不良的？蘇東坡本想求見知府，爲府吏解釋求免，沒有受到太守的理會，使他感到十分失望，後來重陽節日，府中舉行宴飲，也沒有邀請到他，使他灰心極了！不但如此，大凡是東坡所擬的官方文稿，送到知府那兒，必定一再更改，會讓蘇東坡往返跑上好幾趟才能定稿。更增加了東坡的怨懟，因此，當陳公要他做一篇「凌虛台記」的時候，這才乘機會，加以報復。記中直截了當的指出：「夫台有不足恃以長久，而況於人事之得喪，忽往而忽來者歟。而或者欲以夸世而自足則過矣。」不但不像作凌虛台記，分明在拆太守的台，大發牢騷。太守看到這篇大作，歎息一聲，復又笑說，我把蘇老泉看成自己的姪兒一樣，未嘗沒有把蘇東坡看成自己的姪孫，平日不肯假以辭色，實在是磨鍊他，挫他的銳氣，抑除他的狂妄，使將來能成爲一個有用的人，不致誤入「滿遭損」的陷井。不料他竟對我的苦心，如此不諒。深感失望。隨即命府吏，照東坡原文，刻石立碑。一字也沒有更改。至此，東坡深悔輕率，不識前賢風範，這才積極進取，痛自韜晦，使以後的功業，如日上青雲，陳公弼的苦心，實在沒有白費。

不久，陳公因收受別州送來的饋酒，朝廷認他身爲地方官，收受賄賂要定罪，公弼深自懊恨，抑鬱的死去。當時東坡已調回朝中，在登聞鼓院任職，負責收受臣民的奏章，因此好多人都懷疑陳公弼的事，是東坡挾嫌告發的。後來，蘇東坡謫居黃州，恰巧公弼的兒子名慥，字季常，也居住在黃州岐亭，由於季常豪俠好義，頗能受到鄉里人士的推重，大家都以為季常會對東坡尋求報復，意外的，他倆竟處得十分融洽，而且還有詩篇，相互唱和。公弼歿，東坡為懺悔前失，感念陳公用心，特地自動為他作傳，傳中毫無隱諱的提到：

軾官鳳翔，實從公二年，方是時，年少氣盛，愚不更事，屢與公爭議，至形於言色，已而悔之。

可見東坡寫「凌虛台記」的不當，用譏諷太守，來舒一己的憤懣，是信而有徵的。而陳公的裁抑後進，激勉其更上層樓，厥抵於成，用心良苦，尤其令人拜服。

「凌虛台記」的寫作，按時序來說，應當在「喜雨亭記」的寫作之前，「古文觀止」的編纂，是按著作時間排列先後的，那麼，「喜雨亭記」，當排在本篇之後，方是正理。

閒話「放鶴亭記」

雲龍山本是江蘇徐州的觀光勝地，丘陵起伏，大河橫亙，深具「河山帶礪」的壯觀。放鶴亭便建在這山麓之東，建亭人張天驥，自號雲龍山人，本是十分恰當的事，然而，邵氏聞見錄却說成張是個無知村夫，俗不可耐，根本配不上有此雅號。不知蘇軾以郡守之尊，何以如此高抬張的身價。有人以此向東坡質問，據答，是爲了裝舖門面的緣故。不過，我們再看蘇轍的詩，也談到張天驥其人，又尊稱他爲張夫子，可見張並非村夫俗子自明。不知邵氏聞見錄所說，何所據而云云，實在令人費解。

東坡在本篇中，推崇張爲隱德之士，秦少游、蘇子由，阮宏休諸人，也曾與張有過交往，足見張確係具有隱德者的身份，是無庸置疑的。

據說，本文經寫成後，曾經刻石立碑在亭上，明末遭遇兵燹，碑已殘缺不見，清高宗親自重新御書刻石，立碑在雲龍山人張天驥故居地址，而原碑末句「元豐十年十一月初八日記」一句，却被高宗删去，想是他不願書寫異代君王年號的緣故，因此，吳乘權選本篇，照高宗的御書爲原本，也沒有加上這一句，免得自惹麻煩，說不定會演成文字獄，其實，這種顧慮似屬多餘，既然重視宋神宗的謫宦蘇東坡，抄錄他的文辭，反而瞧不起宋神宗，豈不滑稽可笑？這是弦外之音，和本篇無關，且不去談它。倒是，蘇東坡寫本篇時的弦外之音，既寫放鶴亭，却不實寫隱士張天驥的與鶴相伴，却節外生枝，拿「酒」和「鶴」來兩相陪襯，說成南面做君王的樂趣，遠不如隱逸之士幽居的意境，更能引人入勝。很是得心應手。文機流暢，而且能夠轉移一個人的視聽，讓人無法猜測，是因爲蘇東坡的遭遇貶謫，有所感而發，還是別有會心？

閒話「赤壁賦」

「赤壁」原是一個小地方，所以能夠家喻戶曉，婦孺皆知，實在是因爲三國志和三國演義中，談到孫權和劉備齊心協力，赤壁一仗，能以寡擊衆，以弱制強，燒得曹操的人馬，全軍覆沒，故事膾炙人口，才能流傳千古的緣故。

三國演義的誇大喧染，繪聲繪影，更增強了傳播的效果，京戲也編成劇本，並且有精彩的演出，不過，戲劇中的若干地方距離史實過遠，這兒姑置不談。我們且就正史三國志的描敍，加以研討。

曹操的官渡之戰中，打敗袁紹，便乘着戰勝的餘威，南下進軍，準備一舉殲滅劉備和孫權，達成統一的企圖。

建安十三年七月，荆州劉表病重，他的兒子劉綜又懦弱，曹操耽心一旦荆州被劉備或孫權攻下，會增加後顧之憂，便先下手攻打荆州，劉綜看到曹操大軍兵臨城下，不戰自降。使曹軍的聲勢大爲增強，當時劉備屯兵在樊城，看到情形不對，匆匆向江陵撤退，荆州的糧倉在江陵，不容失守，曹操立刻率輕騎五千來救，劉備見曹操回師，只好改向東逃，渡過漢水，退守夏口。曹軍豈肯放棄這千載一時，消滅劉備的機會，沿江東下追擊，志在打敗劉備後，再殲滅長江下游的孫權，孫權爲了自保，這才派魯肅到夏口，聯合劉備，共同抗拒曹操。

由於曹操兵多將廣，士氣旺盛，使得東吳方面，產生了和戰兩派，經過諸葛亮在柴桑口與孫權、周瑜的會談，分析得失，才決定和曹軍一戰，救亡圖存，周瑜、魯肅帶領水軍到樊口，會合劉備的兵馬在長江兩岸迎戰，便是現在湖北嘉魚縣東北的「赤壁」地方，和曹軍發生了遭遇戰，當時曹軍中，既收容了若干劉表的降兵，又染上時疫，水土不服，兵雖多而士氣不振，孫劉兩軍，却是爲生死存亡而掙扎，因此一經接觸，曹軍便節節敗退到長江北岸，形成了兩軍隔江對峙的局面。

曹軍多是北方人，不慣水上生活，爲了減少船在水中的搖擺不定，下令把若干小船連成一個整體的大船，周瑜的部將黃蓋，看了這種情況，認爲有機可乘，建議採用火攻，由他率領滿藏硝磺油脂等易燃物品的船隻，向曹軍詐降，等黃蓋船團，進入曹軍水域，乘着東南風，放火燒船，一時火烈風猛，船行如飛，加以硝磺的烟霧漫天，成爲一團烟幕，眼見曹軍的大船，受到火攻，將士紛紛跳水逃命，不是被溺死，便是被燒死，幾乎是全軍覆沒。僅有曹操率領數十名親隨，從現在湖北監利縣西北，當時稱爲華容道，狼狽而逃，這才確立了魏、蜀、吳三國的鼎立姿態。

因此也有附會的說法，指黃蓋放火燒曹操水師，火烈風猛燒得江岸石壁皆赤，所以稱爲「赤壁之戰」，「赤」字成了石「壁」的形容詞，演變而成以後的地名。

苕溪漁隱叢話也談到，江漢之間，用「赤壁」做地名的，竟有三處之多，一處在漢水旁，竟陵的東面；一處在齊安的步下，另一處便是我們前面談的江夏西南，湖北嘉漁縣東北地方。本篇作者蘇東坡所指的赤壁，是在今天湖北黃岡，也便是竟陵東面地方，和孫劉聯兵拒曹的赤壁，完全是兩碼事。東坡所以攪和在一起，無非是藉此附會，大發其議論，抒一抒謫官的牢騷。分明是「張冠李戴」，用來「指桑罵槐」。讀者千萬不能信以爲眞。

據說，有位袁勵準先生，爲了蘇東坡的前、後兩赤壁賦，說明曾兩遊黃岡的赤壁，製成一聯：

客到黃州，或從夏口西來，武昌東去；

天生赤壁，不過周郎一戰，蘇子兩遊。

對聯雖然做得好，其奈也是在幫着蘇東坡說謊吧了！

鶴林玉露書中，曾經指出，太史公司馬遷所寫的伯夷傳，和蘇東坡學士所寫的「赤壁賦」，都是千古文章中的絕唱，但他們取材之意，却有着不謀而合的地方，赤壁賦爲了客人吹簫，有着怨慕的聲音因此發問，當此萬頃茫然之際，泛舟飲酒，應當十分閒適安樂，不料客人却因此是周郎破曹軍之地，以曹操當時的雄傑豪邁，現在又能留下了什麼？何況我們平凡得像蜉蝣寄生於天地，更談不到未來的情形，所以產生了無限的感慨。

寫眼前的無邊風月，可以受用不盡。却拿吹洞簫人的幽怨，發出大篇議論，有人曾經形容，讀了蘇東坡的這兩篇賦，勝讀一部南華經，雖然有些誇大，但也有些落實處，不是憑空的讚譽。

閒話「三槐堂銘」

「三槐堂」本是晉朝兵部侍郎王祐，因爲不肯損人利己，落得貶官遠謫，離開京師時，在居第的庭院堂前，種植三棵槐樹而得名。並且發誓說，我雖因直道，不容於時，未能做到宰相，然而，天道至公，報應不爽。如果，我的做法是應當的，必然會報在子孫，使我的子孫，會做宰相，現在堂前種植三棵槐樹，表示我的心誓果然，王祐的次子王旦，在景德祥符間，擔任宋眞宗的宰相一十八年，應驗了王祐公的誓言，後世也多稱王公盛德，克享「三槐王氏」的美譽。王祐公的曾孫王鞏，和蘇軾是朋友，所以替「三槐堂」寫了這篇碑銘，作爲頌揚。

按照「能改齋漫錄」當時的紀敍是說，宋太祖非常欣賞符彥卿的精明幹練，善於用兵，派爲大名知府十餘年，深受信任。可是有人嫉忌，向太祖進讒，說符擁兵自固，想要造反。太祖急忙派王祐去接替大名知府，將符改調爲鳳翔知府，王祐行前受到太祖的密旨，要他到大名後，搜集符彥卿造反的確切證據奏報，王祐也可以因功昇爲宰相，作爲酬庸。祐到任後，察知符是寃枉的，所以沒有奏報，太祖等急了，便召王祐還朝查詢，王祐却說，符彥卿不過自恃與君主有舊，行爲上表現出一點驕傲的態度而已，並沒有異心，臣願以全家百餘口的性命來保他。沒有能順從太祖的旨意，指符爲叛逆。太祖不高興，立刻貶他爲華州行軍司馬，當他離京貶去華州前夕，特地在曹門外居所中，種三棵槐樹，並且誓言道，我不願用符彥卿全家性命，來換取這榮華富貴，因爲符是無辜的。我寧願用全家百口的性命來保護他，惟恐不週，何忍將自己做宰相的願望，建築在符家百餘口性命的殺戮上，這份用心，惟天可表。相信我的子孫，將來一定會當上宰相的。後來，果然他的中子王旦，做到宰相，他也陰封爲晉公，這便是三槐堂的由來。

「石林燕語」書中談到，宋太祖和符彥卿是舊交，派任大名知府十餘年。有人忌嫉符的恃寵而驕，符的家人又在外非法妄爲，被人向太祖告密，改派王祐接替符的官職，要他暗查符的劣跡，王祐知符的寃屈數月不報，召祐面對，因力辯其寃，且願以全家百口擔保，太祖不樂，又調王爲襄州和府，王祐有寃無訴，這才種植三槐於堂前的，此與上面的說法，大同小異。

另外一種較爲深入的說法，出之稗官野史，說符彥卿是魏州知府，有人告符謀反，宋太祖派知制誥王祐持上方寶劍前往，准他便宜行事，澈查此案，祐至魏州，得知符有一家將，挾勢恣橫，祐查得實，將此人從輕發配到邊遠地區，並警戒符以後小心，還朝後太祖問祐，敢保符彥卿沒有異心麼？祐答道，臣與符彥卿家，各有百口，願以臣一家百口性命，擔保符彥卿。隨又奏道：「五代的君主，多因猜忌，妄殺無辜所以享國不長，願陛下以此爲戒。」太祖怒祐的諍諫太直率，大爲震怒，才貶他外適，王祐於是種植三棵槐樹云云，野史中又明白指出，符彥卿是宋太宗的岳父，參閱正史，太宗是太祖的二弟趙匡義，也叫趙光義，先後有尹后、李后及符后，想來符后便是符彥卿的女兒，也未可知。

再談到這位力爭上游，揚眉吐氣，登上相位的魏國公，王文正、王旦更是出類拔萃，在歷代宰相中，也不多見。據說他平生從未發怒過，飲食不潔，止於不吃而已，家中想試他的氣量，故意在湯中放入灰塵，他便專吃菜，不喝湯，家人叩詢，却說湯太膩不想吃，不肯面責人過，待人寬厚却自奉清樸，常以儉約的道理，規戒子弟，當大姪王睦，準備考進士時，他苦口婆心的勸阻，不要和貧寒的士子們爭官位，竟不准王睦參加考試，直到魏國公去世，子姪們竟都是白衣平民。沒有一個在朝爲官的。

王旦居住的府第簡陋，曾經引起眞宗的關懷，囑宮中代爲修繕，也受到婉拒，他說，此是先臣的舊廬，當日止蔽風雨，臣今已修葺過，豈可再勞煩朝廷，竟不肯再加以裝修，可見他是如何的安分守紀了。

俗語說，能忍榮辱，才稱得是人上人。事實告訴我們，忍辱容易，忍榮就十分困難了。非有過人的尅己工夫，無法辦到。因爲忍榮，往往要在不知不覺中，隨時警惕事態的發生，不能有一絲一毫的疏失。像王旦這樣的不讓子姪參加朝考，不接受宮中派人修繕宰相官邸，安於現況，不肯更上層樓，都是些具體而微的忍榮措施，能做到如此地步，又豈是常人能辦到的。

閒話「黃州快哉亭記」

蘇轍是蘇軾的弟弟，蘇洵的幼子。號子由，父子三人，都是宋代的古文名家，史稱「三蘇」，我們知道，宋代以詞勝，父子三人，却也都是塡詞高手，所以蘇府的專用春聯，有「一門父子三詞客」聯句，便是指的三蘇，三人中，似乎以東坡的聲名最響亮，老泉次之，子由最弱，不過，也許由於父子齊名的緣故，子由不免吃虧些，就事論事，東坡的氣魄，更是博大，確非老泉、子由所能比擬，然而，見仁見智，各有千秋，個人之見，僅是代表一種看法，未見得就是定論。也只可作爲參考。

宋代的黨錮之爭，種下了覆亡的禍根，其在政治上的影響，更是流毒無窮。黨人利用政治，作爲工具，排除異己，甚至有些擧措，好像兒戲一樣，成了歷史上的一大諷刺。更不是我們想像得到的。

紹聖初，元祐黨人勢敗，逐出朝廷。一概被貶謫到偏遠的南方去服官，當時，廣東、福建一帶，尚未開發，還有南夷的俗稱，加上氣候和生活的習俗的懸殊，使久居中原、長江、黃河流域的人士，很難以適應。所以，流傳着的兩句口號：「春循梅新，與死爲鄰；高竇雷化，說着也怕。」春、循、梅、新、高、竇、雷、化，實際上便是廣東八州的名稱。

安排這些謫官去處的，是當時宰相章惇，他意想天開，利用名字的偏旁和州名配合的類似來安揷。如蘇軾字子「瞻」，貶「儋」州，蘇轍字子「由」，貶「雷」州，黃庭堅字魯「直」，貶「宜」州，劉「莘」老貶「新」州，完全以遊戲出之。主要的，則在洩憤上着眼。然而，這些被貶的人士，大多是學有專精，修養有素，不但安之若素，不涉燥怨，著書詠詩，恬然自得。居茅屋，啖藷芋，不以爲苦。實在不是常人能忍受得了的。如果說，他們心中還有些不平之鳴的話，也許像本篇的「快哉亭記」，便是用以發抒積鬱，作爲洩憤的工具而已！

清河、張夢得，謫居齊安，在他居所西南建造的亭台，以覽長江的勝況，由蘇東坡替亭命名爲「快哉」，蘇子由則望文生義，談到謫居，文勢汪洋，筆力雄健，凜凜然有生氣，使人讀了，心曠神怡，寵辱皆忘。毫無畏縮、頹敗、自暴自棄的感覺。孟子說過，「善養吾浩然之氣」，才是子由此文最好的解釋。

由於這種曠達，逆來順受的素養，東坡終于能返回朝廷，子由更能承天恩澤，更上層樓，有所作爲。十年後終老於家，豈不是自己韜光養晦的結果麼？

閒話「寄歐陽舍人書」

歐陽修爲了替門生曾鞏的祖父，寫了墓碑銘。本篇是曾鞏收到書翰後，感謝歐公的厚愛，寄發的致謝函牘。篇中多處推重歐陽修，其實是間接的頌揚乃祖功業，文章迂迴曲折，轉入幽深。有人指出，在曾鞏所著的「南豐類稿」文中，本篇應推爲第一，但也有人說，「書魏鄭公傳」篇，本乎義理，發爲議論，具有眞知灼見，應推爲曾文第一，不過，無論如何，本篇是曾文中的精警之作，是毫無問題的！

曾鞏，字子固，建昌南豐人，因此也有人稱他爲曾南豐，南豐正是今日的江西南昌地方。他生於宋眞宗天禧三年，祖父曾致堯，卽歐陽公爲做墓碑銘的對象。字正臣，五代時，目睹社會風氣的頹廢，不肯出來服官，閉戶讀書，究治學問，宋朝定鼎後，太宗朝官至吏部郎中直史館，有文集百餘卷。父親曾易，從小便知名於江南一帶，做過信州玉山縣令，在今天江西省玉山縣，因案受到郡將錢仙芝的誣陷，遷謫到英州，也便是現在的廣東省英德縣，後被赦還，本想將原委表奏朝廷，走到南都，不幸病逝在旅途之中，使他含寃而逝。當時的人很爲他的遭遇而婉惜。曾鞏幼小聰慧，四五歲時開始讀書，幾遍後，便能朗朗成誦，十二歲時，試做論文，手不停揮，文章立就，而且辭意雄偉，議論精闢，他卓絕的才華，不久便聞名四方。年紀不到二十歲時，便已得到當時倡行古文運動的領袖歐陽修的賞識，對他大加讚賞。雖然歐比他大十二歲，而且地位崇高，却能屈尊和他相處，結爲忘年交。嘉祐二年歐公知禮部貢舉，對當時的陰怪奇澀的文體，深惡痛絕，因此，凡是文章平實無華，氣理流暢的，一概拔置在高榜，曾鞏便是此榜的榜首，蘇軾、蘇轍兩兄弟，也在這科中名列前矛。

本來這種當時流行的文件，處處標新立異，像今天我們還偶爾遇到的文句，如像：「徒子徒孫、狼子豹孫、林林總總、周公伻圖，禹操畚鍤…」不是怪誕不經，便是陰怪奇澀，早已脫出了爲文應有的軌範，無如時風所尙，正如同今天男人的披頭長髮一樣，成爲習俗，見怪不怪，使得年輕一輩的人，爲了新奇，群相效尤。歐公爲了大力排斥，不顧一切，大凡是文中有類此的字句，一概黜落。而名列高榜的曾鞏、蘇軾、蘇轍等人，當時都是些藉藉無名之士，榜出後，被黜落的士子，群情激憤，驚駭怨怒，謗言四起，聲勢洶洶，歐公不但不予安撫，而且嚴詞痛斥，這種當時稱爲「太學體」的怪體，因此受到澈底的摧毀，文風爲之遽變，從此再也沒有人敢輕於嘗試了。當時號稱「太學體」巨擘的士子劉幾，也只好見風使舵，改弦易轍，更名劉輝再參加下屆的考試，可見歐公當時的氣魄。

由於曾鞏的文章精於說理，明順透徹，因此被尊爲宋代大家之一，和歐陽修、蘇洵、蘇軾、蘇轍，以及王安石齊名，並傳不朽。曾鞏能眞正的繼承乃師歐陽修的衣缽，發揚而光大，故後世將「歐曾」並稱。劉壎曾有過這樣的批評，他認爲歐陽修的文章，粹如金玉。又以爲有造化在其胸中，而未有以道視之者，在「答吳充秀才」文中，便知其道可見了！曾鞏的說理，似乎比起他的老師歐陽修，來得更爲明徹。可見後人對曾文評價之高。

直到清朝，古文家窮經致用，講求義法。替古文的復興運動開拓了新的途徑。先後有所謂「桐城派」「陽湖派」的出現。其實，安徽桐城的方苞、劉大櫆、姚鼐諸君子，所倡導的桐城派古文體系，便是直接從「歐曾」的文體中領略得來，尤其是曾鞏的文章，專門講求義法的嚴謹，大凡一篇文章的佈局、結構，一定做到層次分明，井然有序。使人讀了一目瞭然，有軌跡可循。正如同桐城派古文作法，所揭示的：

「義卽易之所謂言之有物，法卽易之所謂言之有序也，必義以爲經而法緯之，然後爲成體之文。」

再印證一下曾鞏爲文，能夠上下馳騁，愈出愈工，迂迴曲折，轉入幽深。層層議論，發人深省。使讀者能識其理趣，於不知不覺間，這便是他推理的獨到之處，也正是桐城派古文的精義，而其寓意深遠處，使人不但覺其文章清雋可喜。深切往復，有一種諄諄善誘，能夠產生奮發向上的心情了！

因此，說成曾鞏是清代桐城派古文的宗師，是再恰當不過的。

閒話「瘞旅文」

趙善政賓退錄談到：「明正德初年，王守仁疏救言官給事中戴銑諸人，忤劉瑾的意願，因此把這份怨毒，結在他身上，謫貶爲貴州龍場驛丞。在他尙未成行，夜宿杭州勝果寺的時候，夜分夢有人帶給他兩封信，一封寫的是：「滄浪之水淸兮，可以濯我纓。」後面署名「伍員」，也就是伍子胥。另一封紙上畫一只船，翻倒在水面，船底朝天。後題爲「屈平」，也便是屈原的書翰。醒來後不知有什麼占兆。隔了一天，奉旨賜死，便有二個差官，把守仁先生縛起，投到水中。才浸入水中，就好像有件物體托住他，過了七天，偶然飄到岸邊，抬頭一看，已經是福建沿海，便走去附近的寺廟求宿，寺僧因他來歷不明，又是異鄉人，不肯收留。先生只好沿門討一點吃喝，到一座荒涼古廟中棲止。半夜聽到四處都是虎吼聲，一則因爲疲倦極了，再則害怕也無處可以逃避，乾脆不動，靜觀變化。虎也一直沒有進廟來。第二天早晨，拒絕接納先生的和尙們，到古廟來看熱鬧，以爲他必定被虎吃掉，那知大出意表，先生正因爲被虎吵了一夜，天亮後才得安靜，正在那兒呼呼酣睡，寺僧大駭，認爲他是個了不起的人，這才邀他去寺中，招待食宿，問他流落的原故，贈給他盤川，使他能折回浙江錢塘，再去龍場任所。」

宋鳳翔的秋涇筆乘，也有類似的記載，不過說法比較連貫，也更容易爲人所接受。大意是：

正德二年，王守仁由兵部主事，謫爲龍場驛丞，在貶謫途中，劉瑾已派人隨時監視，準備伺機將他殺害以洩憤，行到錢塘江邊，先生自忖無法逃過劉瑾爪牙的殺害，便乘夜假裝投水自殺。把鞋子留在江邊，又將帽子浮在水上，並且留下遺書，使得浙江的三司，和杭州太守楊孟瑛，都相信守仁已死，派漁父打撈屍首不得，在江邊設壇弔祭一番，而且還轉告先生的家屬，遵禮成服，設奠開弔。這時守仁乃偷偷地附乘商船出海，抵達福建，準備到武夷山去隱居。後來，經過友人們的勸說和分析，認爲他此舉可能影響到一家的安全，反而不妙，不如去貴州，因此先生又從福建趕回浙江，去貴州任所的。

可是，按照先生年譜附錄的記載，前半段，到附乘商船浮海，與秋涇筆乘大略相同，以後便又接近退談錄的記敍部份，說先生附商船並非去福建，而是去舟山，遇到颱風，把他吹到福建沿海，好不容易吹到岸邊，登岸後，夜叩廟寺求食宿被拒絕，信步到附近野廟香案上躺臥，原來此野廟乃是老虎窩，夜半虎繞廊大吼，不敢逕入，黎明寺僧意先生必斃於虎，準備乘火打刼，來接收他身邊帶的財物，看他躺在香案上睡得正熟，大吃一驚，認爲他一定不是個尋常的人，不然那有如此際遇，才邀他到寺中，招待食宿，寺中方丈是位得道高僧，接談之下，勸他不可遠遁，應該仍舊回到龍場任所，將來仍有可爲。並且分析道：「你現在尚有父親在，萬一劉瑾因你失踪，誣指你南投了夷狄，北降了匈奴，將你父親逮捕，或者加害，豈不更糟，先生深服其見解，這才決意先返浙江，然後就道去貴州龍場。

看完上面三稱敍述，我們可以獲致一項概念，先生的去龍場，是經過一番更艱苦的波折然後決定的。抵達目的地後，言語不通，氣候不能適應，生活衣食所具備的條件不足，再加上劉瑾的怨怒未解，隨時有被迫害的危險，然而先生逆來順受，安之若素。甚至跟隨的人都染了病，先生還得檢柴煑粥侍候病人，又編一些雜曲故事，解除他們的苦寂。這就是原篇中所謂：「未嘗一日之戚戚也」的說法。充分顯示出惟有堅定的「信心」，才可以克服一切難關。而先生的動心忍性，却先從默坐澄靜做起，乃有致良知「姚江學派」的發軔，都是從這種艱苦的環境中熬鍊得來，站在另外一個角度上來看，何嘗不是劉瑾作法害人的反效果。倒反而成就了先生的「一代碩學宗師」。實際上，先生敎人吃緊在去人慾，而存天理。進之以「知行合一」之說，其要歸於「致良知」。雖累千百言，不出此。世未有善教如先生者。

先生父華，成化辛丑年，進士第一。做過吏部尙書，母親懷胎十四個月才生先生。祖母岑夫人，夢金甲神人，從雲中抱一位小兒給她，因此替先生取名「雲」，直到五歲還不能講話，一天，有位游方僧人，從他家門前走過，指着先生說：「可惜將神機道破」，家人這才替他改名「守仁」，字伯安，先生少時，便具胆識，十五歲時，獨自到塞外邊關去遊賞，經過一兩個月才回家，其豪邁不羈處於此可見。

傳聞先生幼時的啓蒙老師十分了得，看出先生將來必能揚顯，讀書之暇將他兩脚踝上，各縛一塊紅磚，要他試着走幾步，漸漸的，走遠一些，再加縛磚塊，有時脚背也腫了，老師還不准他休息，一旦取下磚塊，便能行走如飛。這項從小所磨鍊出來的耐苦工夫，適成了後來謫龍場時的一項重大考驗，接受天降大任的使命，在此，我們又不得不爲陽明先生幼年時，這位啓蒙老師卓越的見識，大聲喝采了！

先生後來從龍場驛丞，移廬陵知縣，歷官至右僉都御史，巡撫南贛，平漳南、大帽山諸賊，定宸濠之亂，陞兵部尙書。封新建伯，卒謚「文成」，被學者及後世尊稱爲「陽明先生。」

閒話「信陵君救趙論」

宋人好清談，乃是繼晉魏之遺風，因此才有「清流人物王謝家」之讚譽，像王義之的兒子徽之，在談論正事的當兒，却顧左右而言他的說出「西山朝來有爽氣」不落邊際的清談，反被後人傳爲美談，可見這樣不切實際的風氣，影響之大了。然而，使我們驚詫的，在古文觀止所選出明人唐順之的這篇大作，紙上談兵，如此的引人入勝，號稱「觀止」，其實和「西山朝來有爽氣」的逸趣，小異而大同，不免使人產生妄言妄聽的感慨！

清議之最大缺失，便是一廂情願。不能瞻前顧後，妄做雌黃。文人多事，使人感到天眞得可笑，令人歎息不置。

戰國四公子，皆是國家君主的手足，齊有孟嘗君，趙有平原君，魏有信陵君，楚有春申君，都以崇俠尙義爲標榜，擁有濟濟多士，自成一個集團，分庭抗禮。其中平原、信陵兩君，又有婚姻淵源，平原君的夫人，是信陵君的胞姊。趙王受秦攻擊，求魏王發兵救援，平原君也向信陵君告急，這種雙管齊下，本是極其自然的道理，偏說是平原君未向魏王求救，指爲不當。然則，難道趙王向魏王求救，還不夠份量，或者既已向魏王求救，便不得再向信陵君求援嗎？

至於責如姬之未說魏王，侯生、信陵之未死於王前，其實謬論。所謂救兵如救火，爭片刻時機，倘魏王不容如姬及信陵之諫，一旦坐視平原失援，邯鄲失守，對作者唐順之而言，當然沒有任何利害得失，當事人又將如何？魏王的固執己見，應該說是正常的現象，從來沒聽說過，有人不顧自己利害，先解人倒懸的道理。信陵君因不是當國的君王，所以才有此貿然的激動。文章的題材盡多，偏偏拿這個論題自炫其才，唐順之可謂信口雌黃，自吹自擂。所謂書生之見，紙上談兵者，正是指的這類無聊的文人。

或以爲，本篇原誅信陵之心，暴信陵之罪，一層深一層，一節深一節，愈駁愈醒，愈轉愈刻，詞嚴義正，直使千載揚詡之案，一筆抹殺。也是自圓其說的皮相之論，不過像唐順之，這樣的一副刀筆，不愧爲嘉靖會試進士第一，着實有點歪才。

清時，曾國藩部將鮑超，由擔水夫從軍，積功到統領，專管某一地區的軍事，他雖貴爲統領仍不知書，僅識寫自己姓名鮑超二字，當他和太平天國大軍，在九江鏖戰，被圍困時，形勢岌岌可危，想派人到曾國藩的祁門大營求救兵，命令幕客，火速撰寫告急求援的文書，等到半天，還未寫好。鮑便自到文案催促，看見幕客們還在抓耳撈腮，握筆構思。鮑頓足道，這是什麼時候，還用得着咬文嚼字？馬上呼親兵，取來白蔴布一幅，自己拿筆在蔴布中央，大書一鮑字，再畫無數大圈繞在字旁，匆匆加封快馬送到大營，曾國藩看到了，笑着說，老鮑又被圍了。急派多隆河增援，才得解圍。可見文人自命不凡，往往會誤事。這個故事，雖和本文無關，但是文人的作勢，倒是同出一轍的。

所謂爭戰之際，呼吸不保，勝負常取決於分秒之間，必定要爭取先機，才能穩操勝算，像唐順之的設計，增加了無數的限制，等到辦通了，恐怕邯鄲早已易手，清談的最大弊端，在於「一廂情願」，「想法天眞」。戰場上的變化，瞬息萬端，總得「因時制宜」臨機而動，像唐順之一介書生，妄談軍機，自以爲了不起、就不免使人感到「文人太萬能」了！

閒話「滄浪亭記」

滄浪亭在蘇州城內，原係錢武肅王第六子，廣陵郡王元璙的別圃，宋時，蘇子美以四萬錢購得，築亭居之，名曰「滄浪」，從此才有「滄浪亭」的名字，亭的週圍積水寬廣有數十畝地的範圍，四野還有小山，是江南一帶的觀光勝地。

這個地方，南宋時，由名將韓世忠購到，改名「韓園」，韓死後，園又歸公，供市民遊賞，亭中奉祀蘇子美及韓世忠文武兩名臣，故不稱韓園，仍稱為滄浪亭。明朝劃為寺廟，改稱大雲庵。清時庵又不存。改為「正誼書院」供學子讀者之用，如像今天的學校一樣。

歸文中談到，子美有滄浪亭記，敍述亭園的勝況，但因改為韓園後，原有規模早已不存，清代的文士沈三白，在他聞名的「浮生六記」中談到此亭，載在「閨房記樂」卷中，原文是：

……余病初愈，以芸半年新婦，未嘗一至間壁之滄浪亭，先令老僕約守者勿放閒人，於將晚時，偕芸及余幼妹，一嫗一婢扶焉，老僕前導，過石橋，進門折東，由逕而入，疊石成山，林木葱翠，亭在土山之巔，循級至亭心，週遭極目可數里，炊烟四起，晚霞燦然，隔岸名近山林，爲大憲行台宴集之地，時「正誼書院」猶未啓也。携一毯設亭中，席地環坐，守着烹茶以進，少焉，一輪明月，已上林梢，漸覺風生袖底，月到波心，俗慮塵懷，爽然頓釋，芸曰，今日之遊樂矣，若駕一葉扁舟，往來亭下，不亦快哉……

浮生六記寫成在淸乾隆年間，其時，正誼書院正在籌劃設立，庵已不存，文中所說，「夫古今之變，朝市改易……士之欲垂名於千載，不與澌然而俱盡者，則有在矣。」確屬不易之論。

滄浪亭之前身，爲「廣陵郡王別圃」，後一度改爲「韓園」，爲「大雲庵」，爲「正誼書院」，惟獨滄浪亭名，垂留於千載，至於別圃、佛庵、書院已是歷史陳跡，無人理會，深深發人猛省，凡事要放寬胸懷，不能斤斤於眼前得失，要知所警惕，讀此議論，使人境界彌寬，獲益不淺。

本篇中談到：嘗登姑蘇之台，望五湖之渺茫，群山之蒼翠，太伯虞仲之所建，闔閭夫差之所爭，子胥種蠡之所經營，今皆無有矣，憑弔之感，黯然動色，發人幽情懷古之思。

宋時，歐陽修的詠滄浪亭詩，有句云：

清風明月本無價，可惜只賣四萬錢。

所以齊彥槐也有題滄浪亭一聯云：

四萬青錢，明月清風今有價；

一雙白璧，詩人名將古無儔。

上聯卽用歐陽修詠亭詩中句，下聯則指亭中祀祭之詩人蘇子美，名將韓世忠而言，今則俱已流失不存矣！使人生不勝今昔的感慨。

對於一些施展不開，斤斤於眼前名利得失的人，本篇却是「當頭棒喝」，也許能收到側擊旁敲的功效。

閒話「徐文長傳」

本傳原載在「青藤書屋文集」的集前，排在山陰陶望齡先生撰寫的徐文長傳之後。爲公安袁宏道先生所撰寫。選入「古文觀止」之文，並非本來面目，這種事例已是「司空見慣」，不足爲奇，不過，所謂摘錄，是指選輯其中的精華部份，有「再精鍊」的意味，然而本篇却像是重行改寫過，所以比較更爲特別。

文集中的本傳，首敍袁中郎少時見北雜劇「四聲猿」，題爲天池生，疑是元人之作；後來又看到署名「田水月」的字畫，強心鐵骨，有種磊塊不平之氣；一夕，在陶編修樓上，得閱編詩一帙，不覺驚躍。查問友人石簣，說是「徐天池」鄉賢所著。石簣又稱，先生名渭，字文長，嘉隆間人，前五六年方卒。今卷軸上題「田水月」，書中題「天池生」者，皆先生大作。於是恍然大悟，接着才敍說文長事略，可見中郎此傳，純爲慕名敬賢而寫，兩人雖同時，生前並不相識，不若文集首篇，陶望齡先生撰寫的傳，來得細膩確切。現在我把袁傳中值得補充的地方，根據陶傳加以補充如次：

胡少保宗憲，總督浙江，有人說徐文長善古文詞薦於胡，招致幕府擔任書記。

當時在海上發現一頭白鹿，視爲極大的祥端，具表獻給明世宗，表寫好了，胡要徐看一看，徐看完不置可否。胡便索性請他也具一表。由於胡對文長一時沒有深切認識，也沒有時間仔細閱評兩份表奏的優劣，便暗中囑咐使者，把兩份表章，一齊帶往京師，請董公份等諸學士選一份進呈，學士們一致賞識文長所作，呈到朝廷，世宗大爲嘉許喜悅，此文在十天內，傳遍京師，胡公這才對文長有了進一步的評價，從此幕中文翰，皆由文長過目後再送出，享譽之隆，無以倫比。

武進唐順之，以古文負重名。「信陵君救趙論」就是他寫的，前篇閒話，已經談到這篇大作。一天，胡宗憲和唐相遇，故意將文長的文章拿出來對他說，你看我的文章如何？唐大驚道，不知你竟如此能文，後又取出他作，唐才知道不是胡的作品，堅請胡介紹前文作者，與文長結懽而散。又有一次，胡將此文再拿給歸安副使茅坤看，問他能不能猜出是什麼人做的，茅坤一口咬定，非順之做不出來，引見文長後，茅坤慚惱而去。可見文長當時的文名。

一天夜晚，幕中有急事，到處找文長不到，胡公開轅門專候，左右惶急得不得了。後來偵得他在外大醉嚎嚣，無法請來。侍者面覆胡公時，不但沒有受到申斥，反而笑着說，既是醉了，由他吧，明天再說。可見宗憲是如何優容了。等到胡因事被逮捕，文長慮禍將及己，這才裝瘋賣狂，用椎刺耳。從此落拓失志，一直到死。

傳中有：「歐陽公所謂妖韶女老，自有餘態者也。」句，原文集中則爲：「予不能書，而謬謂文長書決當在王雅宜、文徵仲之上，不論書法而論書神。先生者，誠八法之散聖，字林之俠客也。」古人爲文，講究氣度恢宏，原文集中，以時人王雅宜、文徵仲相比況，不但有傷忠厚，未免落小家氣數。改成歐陽公云云，不愧爲上乘手法也。

傳末，梅客生嘗寄予書曰：「文長吾老友，病奇於人，人奇於詩，詩奇於字，字奇於文，文奇於畫，余謂文長無之而不奇者也，無之而不奇，斯無之而不奇也。悲夫。」古文觀止選輯時，也將人奇於詩的後面，「詩奇於字，字奇於文，文奇於畫。」十二字一併刪去，恐因語氣過份加重，稍嫌誇大的原故吧！

中華語文叢書

古文閒話

1912

作　　者／陸家驥 編著
主　　編／劉郁君
美術編輯／鍾　玟

出 版 者／中華書局
發 行 人／張敏君
副總經理／陳又齊
行銷經理／王新君
地　　址／11494 臺北市內湖區舊宗路二段181巷8號5樓
客服專線／02-8797-8396　　傳　　真／02-8797-8909
網　　址／www.chunghwabook.com.tw
匯款帳號／華南商業銀行　西湖分行
179-10-002693-1　中華書局股份有限公司

法律顧問／安侯法律事務所
製版印刷／維中科技有限公司　海瑞印刷品有限公司
出版日期／2018年5月三版
版本備註／據1985年11月二版復刻重製
定　　價／NTD 250

國家圖書館出版品預行編目（CIP）資料

古文閒話 / 陸家驥著. -- 三版. -- 臺北市 :
中華書局, 2018.05
面 ; 公分. -- (中華史地叢書)
ISBN 978-957-8595-32-3(平裝)

1.古文觀止 2.研究考訂

835　　107004835

NO.H2024
ISBN 978-957-8595-32-3（平裝）